남극에서
대한민국
까지

코로나19로 남극해 고립된
알바트로스 호 탈출기

남극에서
대한민국
까지

김태훈 지음

푸른향기
Plusbook Publishing Co.

브라질

로자리오

우루과이

산티아고

부에노스아이레스

몬테비데오

칠레

아르헨티나

콘셉시온

마르델플라타

테무코

누켄

발디비아

푸에르토몬트

푸에르토 마드린

남미대륙

Parque Nacional
Laguna San
Rafael

포클랜드 제도

푼타아레나스

① 우수아이아

태평양

드레이크 해협

⑧

② ⑤ ⑦

③ ⑥

④

남극 반도

대서양

사우스조지아 제도

웨들해

1 우수아이아

2 사우스 셔틀랜드 제도

3 미켈슨 항

4 커티스 베이

5 남극만

6 폴렛 섬

7 데인저 섬

8 엘리펀트 섬

9 드라갈스키 피오르드

10 골드 하버

11 세인트 앤드류 만

12 엘스홀

13 킹 하콘 만

14 솔즈베리 평원

| 팬데믹, 그리고 바다 한가운데에서의 고립 12일째

배는 바다에 멈추었다.
하루, 이틀, 사흘, 나흘. 배는 움직이지 않았다.
우리에게 오는 사람도, 우리를 받아주는 곳도 없었다.
배는 그저, 바다 한가운데에 떠있었다.

우린 더 이상 이 도시에서 저 도시로, 이 나라에서 다른 나라로 우리를
받아달라고 요청하지 않았다. 선장은 더 이상 새로운 도시로 배를 이동
하지 않았다. 하지만 배에 탄 누구도 그에 대해 불만을 갖지 않았다. 지
난 몇 주간 세상과 연락이 끊어진 채 남극을 탐험하고 돌아온 세상은, 우
리가 떠나왔던 그 세상이 아니었다.

배 안에 변변한 의료시설은 없었고, 식량은 넉넉지 않았다.
주변 국가들은 서둘러 항구를 막았고, 국경을 닫았다.
마지막으로 비행기까지도.
바닷길, 육지길, 그리고 하늘길까지 모두 막혀버렸다.

누구도 받아주지 않아 돌아갈 곳 없는 배 위의 사람들은 갑판 위에서
시간을 보냈다.

다시 켜보고, 또 다시 켜보아도 휴대폰은 몇 주째 아무런 신호를 잡지
못했다. 전화도 인터넷도 없이 우린 그저 바다 위에서 세상의 문을 두드
리고만 있었다.

지난 한 달간 세상에는 무슨 일이 있었던 것인가.

바이러스.
세상은 변해있었다.
우리 배가 입항할 예정이었던 항구도,
우리가 돌아갔어야 할 도시도, 주변도시와 그 나라도,
그리고 주변 국가들도
모두 우리에게 문을 굳게 닫았다.

결국 어느 곳에도 속하지 못하게 된 우리의 배는,
지구상에서 정확하게 대한민국의 대척점에 위치한 바다 위에 그냥 떠
있을 수밖에 없었다.

| 마흔 살엔 같이 세계 일주를 떠납시다

"마흔 살엔 같이 세계 일주를 떠납시다."

그저 리눅스(Linux)가 재미있다며 매일같이 새벽 6시에 학교 전산실로 달려가던 시절에 우린 우연히 만났고, 몇 년 후 아트박스에서 파는 플라스틱 반지를 꺼내며 저 무책임한 말로 프러포즈를 했다. 그리고 결혼했다.

살면서 운이 좋았는지 베푼 것보다 많이 받았고, 가진 능력보다도 훨씬 더 많은 것을 얻었지만, 막상 생각했던 마흔이 되었을 땐 손에 있는 것을 내려놓고 꿈을 좇아 세계 일주를 할 수는 없었다. 마흔이 되어서도 우린 떠나지 못했다.

현실의 벽.

몰래 계산기를 두드려 볼수록 그동안 쌓아왔던 경력과 힘들게 만들어 왔던 기회, 그리고 넉넉하지도 부족하지 않은 중년의 월급봉투가 너무나도 아쉬웠다. 손에 아무것도 없던 맨주먹 시절에는 중년이 되어 때가 되면 그저 쉽게 버리고 떠날 수 있을 것만 같았는데…. 하지만 사회생활을 하며 조금씩 이루어놓은 것들이 생기니, 이것들을 차마 버리고 떠날 용기가 나지 않았다. 세계 일주를 하고 다시 돌아와 또 다른 시작을 할 두려움과 지금 내 손에 쥔 것을 내려놓기 싫은 욕심.

몇 년 만 더….
다시 몇 년 만 더….
또 다시 미루고, 또 다시 꿈을 꾸고.
몇 년을 더 보냈다.

그리고 어느 밤,
적도 아래 어느 나라에서 과로로 쓰러져 응급실에 누운 날.
아내를 알게 된 지 20년 만에 우린 오랫동안 꿈꾸어왔던 계획을 실행
키로 마음먹었다.

세계 일주.
아직 두 다리에 배낭을 짊어질 힘이 있을 때, 꼭 해야 할 것 같았다.
지금 안하면 두고두고 후회할 것 같았다.
응원해준 사람들이 있었고,
하지 말아야 한다며 수십 가지 이유로 나를 말리며 걱정해준 분들도
계셨다.

기대 반 걱정 반.
그렇게 시작했다.

Contents

Contents

Chapter 1
남극에서 | 섀클턴의 항로를 따라서

| 우수아이아, 세상의 끝에 다다르다

'Fin del Mundo(세상의 끝)'라고 적힌 간판이 보였다.

지구 최남단의 도시. 우수아이아(Ushuaia).

바람이 세기로 유명한 남미 최남단의 지역 파타고니아(Patagonia)는 아름다운 산이 많기로도 유명하다. 전 세계의 트레커들이 모이는 곳이고, 최근에는 이 지역의 이름을 딴 아웃도어 브랜드로도 많이 알려져 있다. 그리고 파타고니아 지역에서도 가장 남쪽에는 지구 최남단 도시 우수아이아가 있다.

지난 8개월간 남아메리카 대륙을 북에서 남으로 횡단하여, 드디어 아메리카 대륙의 끝자락에 왔다. 과테말라에서 콜롬비아. 페루를 거쳐 볼리비아, 칠레, 그리고 아르헨티나까지.

그리고, 드디어 '세상의 끝'이라고 적힌 곳에 도착했다.

'이곳이 5대양 6대주의 끝인가.'

다섯 개의 큰 바다 태평양, 대서양, 인도양, 북극해, 남극해와 아시아, 유럽, 오세아니아, 아프리카, 북아메리카, 남아메리카의 여섯 대륙. 이것이 정규교육 과정에서 배운 5대양 6대주이다.

하지만 지리학적으로 이 말은 사실이 아니다.

사실 우리가 사는 지구에는 대륙이 하나 더 존재한다. 유럽, 오세아니아보다 크고, 중국과 인도를 합친 크기의 대륙. 국제 협약에 의해 누구의 소유도 아닌 공동의 땅으로 관리되는 곳.

일곱 번째 대륙, 남극이다.

지난 8개월간 남미를 가로질러 아메리카 대륙의 최남단 땅끝 마을까

지 기어코 온 이유이기도 하다. 이곳에 오면 남극으로 가는 배가 있고, 남극행 배를 탈 수 있는 표를 구할 수 있다고 했다. 세계 일주를 출발하며 꼭 가보고 싶었던 곳이었다.

얼음과 눈의 땅, 빙하와 펭귄이 있는 백색 대륙.

✳ 대부분의 나라들은 이미 남극을 지구의 대륙에 포함시켜 교육하고 있지만, 유독 우리나라만 6대주로 대륙을 정의하고 있다. 다른 나라의 경우 지리학적 관점에 따라 아시아와 유럽을 하나의 대륙 '유라시아'로 보기도 하고, 남아메리카와 북아메리카를 하나의 '아메리카'로 보는 관점도 있지만, 항상 남극은 엄연한 대륙으로 분류하고 있다.

✳ 북극은 남극처럼 대륙으로 이루어져 있지 않고, 바다와 빙하로만 이루어져 있어 '북극해'라는 표현을 쓴다.

| 남극행 티켓을 잘 구하려면?

어려서부터 항상 남극에 대한 호기심이 있었다.

노틸러스 호를 탄 네모 선장의 모험처럼 남극을 생각하면 설레는 마음이 있었다.

장기 여행을 출발하기 전 남극 여행에 대한 사전 정보를 조사했다. 그때 느꼈던 남극으로 가는 가장 중요한 관문 중의 하나는 남극행 티켓을 잘 구하는 것이었다.

일반적으로 남극 크루즈에 참가하는 사람들은 출발 1-2년 전에 미리 크루즈 예약을 하는 경우가 대부분이다. 하지만 예약을 미리 하지 못했다고 해서 방법이 없는 것은 아니다. 뜻이 있으면 길이 있는 법. 크루즈가 출발하는 도시에서 출발 직전에 'Last Minute Ticket(우리말로 '땡처리'티켓 정도라 할 수 있겠다)'을 구할 수 있다.

출발 1−2년 전 크루즈를 일반 예약하는 것과 출발 직전 Last Minute Ticket을 구하는 것에는 분명한 장단점이 있다.

먼저 크루즈 출발 1−2년 전에 미리 예약을 해놓으면, 자신의 계획에 맞게 자신의 일정대로 여행을 할 수가 있다. 따라서 이런 티켓은 자유롭게 스케줄을 내기 어려운 직장인들처럼 정해진 날짜에 예정된 곳에서 출발하는 방식을 선호하는 사람들에게 적합하다. 게다가 선 예약 시점에 따라 크루즈 금액의 10−20%가량 할인도 적용받을 수 있으니 일찍 예약할수록 유리한 면도 있다. 마지막으로 남극 여행도 남극의 여러 지역에 따라 볼거리 및 활동이 약간씩 다른데, 이렇게 미리 예약할 경우 자신이 희망하는 코스나 선호하는 크루즈 업체를 선택할 수 있다는 장점도 있다.

다른 방법은 위에서 언급한 Last Minute Ticket을 구해 배에 타는 방법이다. 이 경우에 크루즈 출발 직전에 남는 좌석이 있는 경우에 구매를 하는 것이기 때문에, 인기 있는 크루즈의 경우 마감이 되어 자리를 구하지 못하는 경우가 있다. 또한 표의 특성상 티켓이 모두 판매되지 않았거나, 판매되었다가 취소되는 경우에 나오는 표이기 때문에 언제 표가 나올지 알 수 없다는 문제가 있다. 이런 티켓의 경우 한 달 또는 일주일 뒤에 출발하는 표도 있고, 심지어 이틀 후에 바로 출발하는 표도 있다.

그럼 Last Minute Ticket의 장점은 무엇일까. 그것은 정가대비 할인의 폭이 크다는 점이다. 티켓 판매가 부진하여 마지막까지 크루즈가 마감되지 않았거나, 예약 승객에게 예상치 못한 사정이 생겨 배에 탑승하지 못하는 경우 크루즈 업체 입장에서는 재빨리 승객을 구하지 못하면 객실을 비운 채로 배를 출항해야 하는 셈이다. 평소보다 더 할인을 해서 출발 직전까지 한 명이라도 승객을 더 태우는 것이 크루즈 입장에서는 더 나은 방법인 것이다. 할인의 폭이 어느 정도일지는 예상하기 어렵지만, 시간이 많고 운이 좋다면 Last Minute Ticket은 할인을 꽤나 많이 받을 수 있는 방법이다.

사실 이곳 우수아이아로 온 목적도 이 Last Minute Ticket을 구하기 위해서였다. 보통 남극행 크루즈는 뉴질랜드의 최남단 인버카길이나 남미의 최남단에서 출발하지만, 남미에서 출발하는 것이 (뉴질랜드나 다른 곳에서 출항하는 것보다) 남극까지의 항로가 짧아 여행 일정에 유리하다. 보통의 남극 크루즈는 9-10일 정도 소요되는데, 우수아이아(또는 푼타 아레나스)에서 출발하여 남극까지 도달하는 데 약 2-3일 가량이 소요되고, 돌아오는 데에도 같은 시간이 소요된다. 따라서 실제 남극을 여행하는 기간은 그 나머지 기간인 4-5일 정도인 셈이다. 그보다 길게 남극을 여행하는 크루즈도 있으며, 이런 경우 3주-4주 정도의 기간 동안 남극 대륙을 포함하여 사우스조지아 섬과 포클랜드 섬까지 다녀오기도 한다.

우린 처음 남미로 건너갈 때 이미 남극 여행을 염두에 두고 있었다.

몇 개월간 남미 대륙을 북에서 남쪽 방향으로 여행하고, 남미의 최남단 도시 푼타아레나스나 우수아이아에서 이왕이면 가격 좋은 Last Minute Ticket을 구할 계획을 하고 있었다. 금전적인 여유가 많지 않은 장기 여행자이지만 표를 기다릴 수 있는 시간이 넉넉했고, 또한 출발일에 따라 내 일정 역시 자유롭게 맞출 수 있다고 생각했기 때문이었다.

남극행 배가 출발하는 항구도시 우수아이아에 도착한 다음날, 우리는 우수아이아 시내 길을 따라 여행사들을 찾아다녔다. 대부분의 여행사들은 시내 중심인 산마르틴 거리(San Martin Avenue)에 모여 있었다. 몇몇 여행사들은 유리문 앞에 'Antarctica-Last Minute Ticket(남극-땡처리 표)'라고 적어 놓은 곳도 있었다. 각각의 여행사들에 들러서 구매할 수 있는 티켓을 물어보았고, 사전에 조사한 Last Minute Ticket만을 전문적으로 취급하는 여행사에도 들렀다.

그런데 남극행 티켓을 알아볼수록 꼭 가보고 싶은 곳이 생겼다.

대부분의 남극 크루즈는 약 10-14일의 기간 동안 남극반도 근처에 머무르며 탐험하는 코스이다. 그리고 기간이 조금 더 길면 남극반도에서 남극대륙의 조금 더 깊은 곳까지 다녀오게 된다. 그런데 그중에 드물기는 하지만 3주 이상의 일정으로 출발하는 크루즈도 있다. 이런 크루즈들의 경우에는 남극반도와 주변 섬들을 여행한 후에 남극 야생동물의 천국으로 유명한 사우스조지아 섬(South Georgia Island)과 포클랜드 섬(Falkland Island)까지 여행하고 오게 된다.

나는 이번 기회에 사우스조지아 섬을 꼭 들르고 싶었다. 티브이에서 보던 수백만 마리의 펭귄과 물개와 같은 남극지대 동물들이 떼 지어 사는 군락지를 볼 수 있는 코스였고, 사진 찍는 것을 좋아하는 나는 해외 유명 작가들이 담아낸 인상 깊은 사우스조지아 사진들의 현장을 직접 내 눈으로 보고 싶었다. 하지만 문제는 남극 크루즈 중에서 사우스조지아 및 포클랜드까지 다녀오는 크루즈편이 많지 않고, 혹시 있다고 해도 가격이 매우 비싸다는 점이었다. 더군다나 나는 내가 원하는 표를 보장할 수도 없는 Last Minute Ticket을 기다리고 있는 처지였다.

그렇게 표를 찾다보니, 나의 시간과 예산에 맞는 표가 마땅치 않았다.

사우스조지아에 꼭 가보고는 싶었지만 금액이 부담되어 마음을 접으려던 즈음, 이메일 한 통이 왔다.

엊그제 들렀던 우수아이아 시내의 여행사였다.

메일에는 최근에 업데이트된 남극행 티켓 리스트가 4-5개가량 적혀 있었는데, 그 중에 내 눈을 사로잡는 것이 하나 있었다. 우수아이아를 출발하여 남극반도를 탐험하고, 사우스조지아 섬을 들렀다가 포클랜드까지 들르는 남미에서 출발하는 남극행 크루즈의 모든 코스를 돌고 오는 배가 한 달 뒤에 출항 예정이었다. 출발일이 아직 한 달이나 남았지만, 그동안 아르헨티나의 다른 곳들을 여행하며 기다리면 될 것 같았다. 하지만 여전히 부담스러운 금액.

선뜻 결정을 내릴 수가 없어 며칠간 고민했다.

사실 마음속에서는 이 티켓을 잡아야겠다고 다짐하고 있었지만, 그 금액을 어떻게 조달할 것인지를 궁리했다. 꼭 가보고 싶었던 곳이고, 포기하고 싶지 않은 곳이었다. 이곳에 다녀와서 상당기간 허리띠를 졸라매야겠다는 쪽으로 생각이 기울었다.

여행 생활비를 아끼고 또 아끼면 될 것도 같았다.

| 마지막 티켓을 잡아라

1월 25일.

며칠을 고민했다. 수십 번 계산기를 두드렸다. 그리고 결심했다.

남극반도와 사우스조지아 섬, 포클랜드까지 모두 포함된 일정으로.

'살면서 언제 또 남극에 가보겠어? 이번에 모두 가보자!'

다음날 오전, 아침 식사를 마치고 문을 나섰다.

'시내 여행사에 가서 남극 티켓을 예약해야지.'

숙소 앞 버스정류장에서 우수아이아 시내로 가는 버스를 기다렸다. 15분 정도가 지나자 시내 방향으로 가는 버스가 도착했다.

빙하와 눈으로 덮인 설산을 등지고, 푸른 바다를 마주하고 있는 우수아이아 외곽도로를 달렸다. 도착하기 10분쯤 남았을 때, 버스에서 이메일 한 통을 받았다.

내가 가려던 여행사에서 보낸 것이었다. 메일에는 현재 예약 가능한 남극행 크루즈 리스트가 업데이트되어 있었다. 그런데 리스트를 살펴보니, 내가 예약하려고 했던 것이 리스트에서 보이지 않았다.

'어? 어어?'

다시 보아도 분명히 리스트에 없었다.

'아… 괜히 며칠 고민하는 동안 티켓이 이미 모두 팔렸는가보다.'

'역시 좋은 조건으로 나온 티켓은 기회가 있을 때 재빨리 구매했어야 했어.'

티켓이 예약 가능한 리스트에서 사라지고 나니 불과 어제까지는 갈피를 잡지 못하던 마음이 진한 아쉬움으로 변했다.

잠시 후, 버스가 시내에 도착했다.

여행사 문을 열자 며칠 전에 들렀을 때 있던 남자 분은 안보이고, 마리 (Marie)라는 여자 분이 앉아있었다. 20대 후반으로 보이는 마리는 성격이 쾌활해 보였고, 남미에서 만난 사람들 중 영어가 유창해서 무엇보다 의사소통이 편했다. 마리에게 남극행 Last Minute Ticket을 찾고 있다 설명하자, 마리는 지금 구입이 가능한 티켓을 보여주었다. 마리가 보여주는 티켓들을 재빠르게 살펴 내려갔다. 마음속으로 생각해두었던 그 티켓은 더 이상 리스트에 없었다. 이미 모두 팔린 것 같았다.

나는 주머니에서 휴대폰을 꺼내었다. 혹시나 하는 마음에 며칠 전에 휴대폰에 찍어둔 사진을 보여주며 혹시 이 티켓이 아직 있느냐고 물어보았다.

마리는 크루즈 명을 듣자마자 곧바로 대답했다.

"응, 아마 있을 거야. 크루즈 사에 확인을 해봐야 하는데 거의 있을 거야."

그리고 이어서 말했다.

"그리고 좋은 소식이 하나 있어. 네가 보고 온 그 티켓… 지금은 가격이 더 내렸어."

"가격이 내려? 얼마나?"

엊그제 보던 가격만으로도 그 정도 옵션에 굉장한 딜(deal)이라고 생각했었는데, 가격이 더 내렸다고? 가슴이 뛰기 시작했다.

"응, 아마 천 불정도 내렸을 걸?"

"정말? 10분 전에 보낸 리스트에는 빠져있던데?"

"그래? 이상하네…."

마리는 사무실 뒤편에 대고 큰소리로 물었다.

"사라~ 남극 갔다가 사우스조지아, 포클랜드 들렀다 오는 거 아직 자리 있지? 그리고 가격 내렸다고 했지?"

멀리서 대답이 들려왔다.

"응. 아직 자리 있어. 1,000불정도 내렸을 거야."

한순간 머릿속이 환해지는 느낌이었다.

게다가 가격이 1,000불이나 내렸다고? 거기에 추가로 할인을 해준다는 말에 나는 이미 빙하 위에서 펭귄들과 함께 있는 듯 설레어왔다. 물론 아직도 부담하기에는 버거운 가격이었지만, 살면서 언제 또 이런 기회가 있을까 싶었다.

언제 또 남미 대륙의 끝자락에서, 언제 다시 남극으로 가는 배를 타보랴. 큰 맘 먹고 출발한 여행. 가는 데까지 가보자.

마리는 자신도 이 크루즈 선을 타고 얼마 전에 남극에 다녀왔다고 했다. 그리고 최근에 객실 리뉴얼을 해서 배의 내부 인테리어가 매우 깨끗하고, 무엇보다 이 가격으로 남극뿐 아니라 사우스조지아, 포클랜드까지 다녀오는 경우는 거의 없다고 했다.

즉석에서 마리에게 이메일로 신분증을 보냈다. 마음의 결정을 내리자 남극 여행은 일사천리로 진행되었다. 이틀 뒤, 마리에게 예약이 확정되었다는 연락을 받았다.

| 파타고니아의 여름을 보내고

크루즈가 확정되었다. 출발일까지는 한 달가량이 남아있었다.

원래 가격대비 큰 할인을 받아 티켓을 구입했다고는 해도 절대적인 가격이 낮은 것은 아니었다. 티켓은 이미 우리의 예산을 훨씬 웃돌았기에 당분간 우리의 지출을 최소화하며 지낼만한 곳이 필요했다.

그때 떠오른 곳이 바로 엘찰텐(El Chalten)이었다.

아름답기로 소문난 산 피츠로이(Fitzroy)와 토레(Torre) 호수가 있는 곳.

아웃도어 브랜드 '파타고니아(Patagonia)' 로고의 모티브가 바로 이 피츠로이 봉우리의 모습을 형상화한 것일 정도로 트레킹과 자연을 좋아하는 사람들에게는 유명한 곳.

그리고 무엇보다도 혹독한 추위가 오기 전에 파타고니아의 여름을 더 만끽하고 싶은 마음도 컸다. 남극에 다녀오면 3월 중순이 될 테니, 그때는 이미 파타고니아를 둘러볼 황금 시간대인 '남반구의 여름(12월~3월)'이 지나버릴 것이기 때문이다.

엘찰텐은 파타고니아의 여름을 만끽하고픈 우리의 바람과 얇은 주머니 사정이 맞아 떨어지는 곳이었다.

며칠 후 우리는 엘찰텐으로 향했다. 도착 후 며칠간은 비가 많이 내렸다. 엘찰텐 시내 캠핑장에서 일주일 정도를 보내며 하늘이 좋아지기를 기다렸다. 아침마다 캠핑장 주인과 일기예보를 보며 산에 오르기 좋을 날이 오기를 기다렸다.

마침내 어느 구름 없이 맑은 아침에 우리는 식량과 텐트를 챙겨 산으로 향했다. 그림 같은 피츠로이 봉우리 아래에서 캠핑을 하며 일출을 보

앉고, 다음날엔 설산이 보이는 투명한 호숫가에 텐트를 쳤다. 며칠 분의 식량을 배낭에 준비해 와야 했기에 산에서는 아침점심으로 식빵에 누텔라를 발라먹었고, 저녁에는 힘들게 구해 아끼고 아끼던 한국 라면을 빙하 녹은 물에 끓여먹었다.

피츠로이에서 며칠을 보내고 다시 엘찰텐 시내로 돌아와 며칠 쉬며 가벼운 트레킹을 했고, 그 후엔 리오 가예고스(Rio Gallegos) 도시에서 머물렀다. 그리고 크루즈가 떠나기 4일 전 우린 우수아이아로 돌아왔다.

| 우수아이아로 모이는 사람들

3월 1일. 로스아세보스 호텔(Los Acebos Hotel).

호텔은 우수아이아 시내에서 마르티알 빙하(Glacier Martial)로 오르는 언덕에 위치해 있었다.

로비 정면은 통유리로 되어 있어서 우수아이아 시내 전경과 바다가 내려다 보였다. 리셉션에 우리의 이름을 알려주자 직원이 방 열쇠와 크루즈 승선 전 일정표를 건네주었다.

"저녁 7시에 옆 건물 세미나실에서 환영 인사가 있을 거예요. 그곳에서 내일 남극으로 함께 출발하는 분들도 만나게 될 겁니다."

호텔의 숙박은 크루즈 측에서 제공되었고, 크루즈에 탈 승객들은 오늘 이 호텔에 도착하여 하루를 지내고 다음날 출발하기로 되어있었다. 승객들은 크루즈 출발일에 맞추어 세계 각지에서 오고 있었고, 이로 인해 우수아이아에 도착하는 시간도, 교통편도 각각 달랐다. 남미에서는 버스, 배 또는 비행기와 같은 대중교통이 연착하는 경우가 많았기 때문에 이를 의식한 크루즈 측의 배려였다.

저녁 미팅 시간까지 7시간 정도가 남아있어서, 오후에는 시내에서 버스를 타고 에스메랄다 호수(Laguna Esmeralda)에 다녀왔다. 아름답고 걷기 좋은 산책길이었다. 호수로 올라가는 길에 있는 늪지대에 빠져 엉덩이까지 늪에 잠겼던 것만 빼고는.

저녁 7시가 되었다. 회의실에는 이미 많은 사람들이 모여 있었다.

이 남극 탐험을 주관하는 호주 여행사의 매니저 레이몬드는 사람들 앞에 서서 승선 절차를 설명해주었다. 간단한 건강 상태에 대한 질의서와

수하물 태그도 나누어주었다. 가방 앞에 수하물 태그를 달고 내일 오전 10시까지 호텔 리셉션에 맡기면, 앞으로 승객들이 지내게 될 배 안의 객실로 짐을 옮겨준다고 했다.

호주, 뉴질랜드, 프랑스, 영국, 미국, 캐나다, 대만, 싱가포르 등등 각지에서 모인 사람들은 즐거워 보였다. 우리는 앞으로 22일간 함께 바다를 건너게 될 사람들과 가볍게 인사했고, 호주 억양을 사용하는 몇몇 사람들은 특유의 친화력으로 마치 동창회 모임에서 만난 것처럼 이미 이야기를 나누고 있었다.

미팅을 마치고 호텔 건물 위층에서 해 저무는 우수아이아의 앞바다를 내려다보았다.

세상의 끝 우수아이아에는 하나 둘씩 가로등 불빛들이 켜지고 있었다.

| 섀클턴의 항로를 따라서

크루즈 출발 시간에 맞춰 항구로 이동했다.

우리가 탑승할 노선의 타이틀은 '섀클턴의 항로를 따라서(In Shackleton's wake)'로 전설적인 남극 탐험가 섀클턴 탐험대의 항로를 따라 여행하고, 22일 후 아르헨티나의 도시 푸에르토 마드린(Puerto Madryn)으로 귀항 예정이었다.

탑승 시간이 30분 정도 남았을 때, 마지막으로 이 도시의 모습을 다시 한 번 눈에 담아보고 싶었다. 지금 떠나면 언제 다시 볼 수 있을지, 언제 다시 올 수 있을지 모르는 우수아이아였다. 떠나려니 묘한 여운이 남았다.

언젠가 여행 중에 만난 친구가 했던 말이 떠올랐다. 도시가 가장 아름답게 보이는 순간은 아침 햇살이 도시를 비추거나 노을이 지는 순간이 아니라고. 도시가 가장 아름답게 보이는 순간은 그 도시를 떠날 때라고 하던. 떠나기 아쉬운 세상의 끝 우수아이아의 구석구석을 짧은 순간이라도 더 눈에 담아보려 애썼다.

항구 앞바다에는 눈에 띄게 커다란 흰색의 크루즈가 정박해 있었다. 한눈에 보아도 믿음직해 보이는 거대한 크루즈 선이었다.

'아 저게 우리가 탈 배로구나.'

관리가 매우 잘 된 듯 튼튼해 보이는 배였고, 최근에 리노베이션을 했는지 외관도 깨끗해보였다. 그 맞은편에는 작은 배 한 척이 정박되어 있었고, 작은 배의 옆면에는 'Albatross Expedition(알바트로스 탐험대)'라고 적혀 있었다.

'Albatross Expedition이라면… 어? 저건 내가 타야 할 배의 회사 이름인데?'

'으응? 설마…. 저 작은 배를 타고? 가는 건가? 남극까지?'

가까이 갈수록 선명하게 적혀있는 글씨는 분명 내가 탈 배의 이름이었다.

우리 배가 작은 것이 아니라 옆에 있는 배가 무지막지하게 큰 거라고 스스로를 세뇌시키며 부둣가를 걸어 배의 입구로 다가갔지만, 저 배를 타고 악명 높은 드레이크 해협을 건너야 한다는 생각을 하니 마음속엔 벌써부터 수십 미터의 파도가 요동치고 있었다.

배 앞에는 승무원(Crew) 몇 명이 나와 있었다. 신분증과 탑승권 확인 후 우리는 배로 들어가는 계단을 올랐다. 부둣가에 연결된 계단을 따라 오르면 배의 리셉션이 있는 5층(Deck 5)으로 연결되어 있었다. 리셉션에 체크인을 하고 여권을 맡기자 객실로 안내해주었다. 413호. 앞으로 3주 동안 우리가 머물 곳이었다.

| 객실 413호

객실 문을 열고 들어섰다. 입구 왼편에는 샤워실과 변기, 세면대가 있는 화장실이 있었고, 오른편에는 옷걸이와 짐을 올려놓을 수 있는 선반이 있었다. 객실 안쪽으로 좌우에 1인용 침대가 하나씩 놓여있는 2인실이었다. 방에 들어서서 정면에 보이는 벽에는 동그란 현창(porthole:배의 옆면으로 난 둥근 창문)이 있어서 유리창 너머 바다가 보였다.

한쪽 벽에는 오늘 아침 호텔 카운터에 맡겼던 우리의 여행 가방이 객실 안으로 옮겨져 있었다. 서랍장과 옷장에 짐을 풀고 잠시 쉬려고 하자 바로 선내방송이 나왔다.

"소방안내 대피훈련입니다. 모두들 식당으로 모여주시기 바랍니다."

승객 모두 식당에 모였다. 배에 탈 때 입구에서 안내를 해주던 분들이

아마도 배의 스태프들인 것 같았다. 탑승 첫날이니 유사시 배의 비상구와 비상계단, 구명보트, 구명조끼 입는 법과 같은 안전 수칙을 안내해 주었다.

식당에 모인 사람들의 표정은 밝았다. 그들의 두 눈과 얼굴에는 한껏 부푼 기대가 묻어 있었다. 이분들도 나처럼 오랜 시간 남극 여행을 꿈꾸어오던 사람들일 거라는 생각이 들었다. 이윽고 기다리던 날이 되어 배에 첫발을 디딘 오늘이니 나처럼 이들도 설레는 순간일 것 같았다. 나 역시 그들 눈에 그렇게 비춰질 것이었다.

안전훈련을 마치고 나서는 배에서의 첫날이라 구조도 파악할 겸 배의 이곳저곳을 둘러보았다. 식당, 세미나실, 체력단련실, 기념품을 파는 상점, 바(bar), 카페들을 간단히 살펴본 후 배의 뒷부분에 있는 데크로 이동했다. 외부로 뚫려있어 바깥 전경을 보기 좋은 곳이었다. 배는 천천히 물살을 가르고 있었다. 배의 스크루가 물살을 일으키자, 그 속에 있는 먹잇감을 찾으려는 바닷새들이 배의 뒤꽁무니를 쫓아왔다. 저만치에 우수아이아 시내가 보였다. 파타고니아 지역의 높은 산맥들이 병풍처럼 도시를 두르고 있었고, 우리가 탄 크루즈는 노을 지는 우수아이아의 바다에서 서서히 육지와 멀어지고 있었다.

드디어 출발이다.

|울부짖는 40도, 사나운 50도, 절규하는 60도

남극으로 향하는 크루즈는 대부분 아르헨티나의 도시 우수아이아(Ushuaia)나 그곳에서 멀지 않은 칠레의 푼타아레나스(Punta Arenas)에서 출발한다. 두 곳 모두 남미 대륙의 남쪽 끝자락에 있는 도시들이다.

지도를 펼쳐 남극대륙을 살펴보면 남극행 크루즈가 왜 이곳에서 출발하는지를 짐작할 수 있다. 남극까지의 거리가 가장 가깝기 때문이다. 남극대륙에서 북쪽을 향해 뻗어 나온 남극반도와 남미의 끝자락이 남극으로 가는 크루즈들에게는 최단거리이다. 이곳에서 출발하는 크루즈들은 일반적으로 2~3일이면 남극대륙에 도착할 수가 있어서, 이곳이 남극으로 향하는 관문인 셈이다.

하지만 문제가 하나 있다.

남극까지 이어지는 바닷길이 그리 만만치가 않다.

바로 드레이크 해협을 건너야 하기 때문이다.

드레이크 해협은 남위 55도에서 65도 사이에 걸쳐있는 지역으로, 10미터 높이의 파도가 일상적인 곳이며, 지구상에서 가장 파도가 험한 지역으로 알려진 곳이다. 과거의 선원들이 남극으로 다가갈수록 사나워지는 이 바다를 가리켜 '울부짖는 남위 40도, 사나운 50도, 절규하는 60도'라고 이름을 붙였을 정도다.

드레이크 해협의 아래에는 남극순환해류(Antarctic Circumpolar Current)가 흐르고 있다. 이 남극순환해류는 남극대륙 전체를 오른쪽 방향으로 감싸며 흐르는데, 이로 인해 태평양이나 대서양에 있는 따뜻한 해류가 남극해로 접근하지 못하게 되고 결과적으로 남극을 고립시켜 더욱 춥게 만든다. 바로 이 남극순환해류가 흐르는 드레이크 해협을 건너야만 남극에 도달할 수가 있다.

| 지구상에서 가장 험한 파도를 건너

밤이 되자 배는 본격적으로 파도에 흔들리기 시작했다.

놀이공원의 바이킹에 타고 있는 듯 배의 중심이 왼쪽으로 쏠렸다가 오른쪽으로 쏠리기를 반복했다. 하지만 이것은 10분 후면 끝날 놀이기구가 아니었다. 배의 울렁임은 몇 시간이 지나도 멈추지 않았고, 며칠 후 남극에 도달하기 전에는 끝나지 않을 것 같았다. 방에 누워있으면 배가 좌우로 기울어, 얼굴에 혈압이 올랐다가 다시 다리 쪽으로 혈압이 이동하는 것이 느껴졌다. 하지만 선체의 흔들림보다 우리를 더 옥죄고 있는 건 미지의 대륙에 대한 두려움이었다.

배는 밤새 쉬지 않고 흔들렸다. 간혹 커다란 파도가 밀려와 배의 옆면에 세게 부딪칠 땐 '쿵' 하는 소리가 배 안에 크게 울렸다. '파도가 심하다는 이야기는 들었지만, 이 정도로 흔들리는 게 정상일까. 혹시 평소보다 심해서 무언가가 잘못되는 것은 아닐까.' 하는 생각에 깊은 잠을 이룰 수 없었다.

다음날 아침이 되었다.

아내는 식사도 거부한 채 침대에 누워있었다. 아내는 드레이크 해협을 지나는 동안 흔들리는 배의 움직임에 힘겨운 시간을 보내고 있었다. 혼자 식당에 들러서 간단히 아침을 먹고, 아내를 위해 방으로 음식을 조금 싸가지고 와야겠다 생각하고 방을 나왔다.

방문을 열고 복도로 나오자 객실 서비스를 담당하는 조(Joe)가 방문 앞 복도에서 청소 준비를 하고 있었다. 조에게 아침 인사를 하자 내가 혼자인 것을 보고 (동행이 뱃멀미로 힘들어하는) 상황을 파악했는지 자신이 방

으로 과일이랑 주스를 가져다주겠다고 했다. 극지 크루즈에서 오래 일
해서인지 이미 아내의 상태를 눈치 챈 것 같았다.

　방에서 식당까지 가려면 계단으로 두 층을 올라가야 했는데, 배가 심하
게 흔들려서 계단에 있는 손잡이를 신경 써서 잡고 올라가야 했다. 이 때
문에 익스페디션 팀에서는 승객들에게 배가 심하게 기울어도 배 안에서
중심을 잘 잡을 수 있도록 슬리퍼나 샌들보다 운동화와 같은 신발을 신
고 다닐 것을 권유했다. 배 안의 모든 통로에는 1-2미터마다 비닐봉지
가 놓여있었다. 구토증세가 있는 사람들이 필요할 때마다(?) 재빨리 사
용할 수 있도록 하는 배려였다. 식당까지 걸어가는 동안에도 배가 출렁
거려 몇 번을 가다 서다 해야 했다.

아침 식사는 뷔페식이었다. 지난 1년간 여행을 하며 좀처럼 먹어볼 기회가 없던 꽤나 근사한 조식이었지만, 안타깝게도 식당에는 그다지 사람이 많지 않았다. 그리고 그 다음날도 식당에서 식사하는 사람들을 많이 볼 수 없었다. 드레이크 해협을 지나는 동안, 그리고 파도가 드세질수록 식당은 더욱 한산했고, 그럴수록 더 많은 사람들은 객실 안에서 힘겨운 시간을 보내야만 했다.

나는 어려서부터 멀미를 하는 체질은 아니었다. 그동안 여행을 하며 장시간 배를 타거나, 페루에서 경비행기를 타고 나스카(Nazca) 지상화를 구경할 때도 멀미를 한다거나 몸에 이상을 느끼지 않았었다. 하지만 드레이크 해협을 지날 때는 미세하게 몸의 컨디션이 떨어지는 듯했다. 물론 식사하고 일상생활 하는 데는 이상이 없는 수준이었지만.

식당 내부 양쪽 옆 벽은 커다란 통유리로 되어 있었다. 식사를 하면서 바다의 경치를 감상하기에 안성맞춤인 곳이었다. 다만 배가 드레이크 해협을 지나는 동안에도 자신의 컨디션이 뒷받침해준다면 말이다.

나는 식당 중앙에 혼자 자리를 잡고 창밖의 풍경을 바라보며 아침 식사를 했다.

잠시 후 식사 중에 탐험 팀 리더인 스티븐(Steven)을 만났다.

"혹시 이렇게 심하게 흔들리는 게 정상인 거야?"

내가 물었다. 배가 이렇게 흔들리다가 전복이라도 되는 건 아닌지 밤새 걱정하느라 뒤척인 내게 스티븐은 "오늘은 파도가 매우 잔잔한 편"이고, 평소엔 이것보다 훨씬 심하다며 마음을 놓아도 된다고 했다. 그리고 한마디 덧붙였다.

"참, 만약에 파도가 정말 심한 날이 오면, 그땐 식당으로 식사하러 오라고 선내방송을 하지 않아. 방에서 식당까지 걸어오는 게 너무 위험하기 때문에, 우리가 샌드위치를 객실로 배달해 줄 거야."

객실에서 식당까지 그나마 걸어올 수 있었던 게 다행이었다. 남극 탐험이 끝나는 날까지 내가 머무는 방으로 식사가 배달되는 일은 벌어지지 않기를 기원했다.

창밖으로 바다 끝 수평선이 보였다.

배는 파도의 울렁임에 따라 쉼 없이 오른쪽 왼쪽으로 기울어지기를 반복했다. 식당의 통유리 창 밖에는 수평선이 보였다. 배가 한쪽으로 기울면서 수평선은 통유리 창의 위로 올라갔다가, 배가 다시 반대편으로 기울어질 땐 수평선이 통유리 창의 아래 부분으로 내려들어갔다. 그리고 다시 수평선은 출렁이며 점점 차올라 창문의 아래에서 위로 올라가 사라졌다가, 다시 창문 위에서부터 내려와 창문 아래 끝으로 사라졌다. 창밖은 몇 초 간격으로 출렁이는 바다가 보였다가, 다시 햇살이 내리쬐는 하늘이 보이기를 반복했다. 그리고 배 안에 있는 우리도 양쪽으로 번갈아가며 기울어지다가, 커다란 파도를 넘을 때는 출렁이며 가라앉고 다시 배가 파도에 떠올랐다.

우리는 드레이크의 파도를 넘어 남쪽으로 남쪽으로 향했다.

| 한 배를 탄 292명의 사람들

배에는 크게 네 부류의 사람들이 있었다.

승객들을 안내하고 승객들과 함께 남극 탐험을 하는 탐험 팀(Expedition

Team).

　배를 운항하고 배에 생기는 기술적 문제를 담당하는 선장과 선원으로 이루어진 항해 팀.

　배 안에서 사람들이 먹을 음식과 지내는 숙소를 담당하는 호텔 팀.

　그리고 남극 여행에 참여하기 위해 배에 탑승한 승객들(주로 여행가, 사진가, 과학자들로 이루어진)이었다.

　각각의 팀마다 서로 다른 역할이 있었고, 특히 탐험 팀과 항해 팀에는 전문성을 가진 사람들이 많았다.

　탐험 팀 멤버들은 배에 탄 승객들의 남극 탐험을 돕고 안내자의 역할을 한다. 남극에 대해 여러 도움말을 해주고, 실제 남극대륙 및 주변 활동에 승객과 동행하며 탐험 활동 시 안전을 책임진다. 탐험 팀에는 탐험 가이드, 극지방 연구가, 조류 연구가, 사진작가, 극지 전문 탐험가와 같은 사람들이 있고, 여성으로서 세계 최초로 스키로 남극점에 도달한 사람도 우리 배에 있는 탐험 팀의 일원이었다. 이들은 승객들과 함께 남극대륙에 같이 가기도 하고, 배에 있을 때는 승객들에게 남극 관련된 여러 가지 강의(펭귄, 남극의 기후, 인류의 남극 탐험 역사, 남극 동물…)를 하기도 한다. 탐험 팀의 인원은 리더 1명과 부 리더 2명을 포함하여 총 23명이었다.

　항해 팀은 크루즈 배를 운항하고, 이를 위한 기술자들이 주로 모인 팀이다. 항해 팀의 리더가 바로 이 배의 선장이고, 항해 팀에는 선장과 함께 일하는 선원들과 배 안의 여러 장비를 관리하는 엔지니어들이 있었다. 우리가 탄 배는 처음에 만들어졌을 때 한국을 포함한 극동지역에서 블라디보스톡(Vladivostok)과 같은 러시아 지역으로 다니던 배였다. 내빙선(耐氷船: ice strengthened ship)으로 설계되어 바다 수면의 얼음이나

빙산에 부딪쳐도 견뎌낼 수 있도록 만들어졌으며, 그 이후 소유권이 몇 번 변경되어 몇 년 전부터 극지 여행을 하는 여행사의 소유가 되었다. 그런 이유인지 우리 배의 항해 팀에는 선장을 비롯하여 유독 러시아 출신의 선원들이 많이 있었다.

　승객과 스태프들이 배에서 지내는 동안 사용하는 숙소의 관리 및 식사, 그리고 배에 있는 사람들을 위한 편의시설(체력단련실, 기념품을 파는 상점과 같은)은 호텔 팀에서 담당한다. 따라서 호텔 팀에는 주방장을 비롯하여 객실 관리 인원, 리셉션 운영 팀들이 포함되어 있다. 우리 배의 주방장은 인도네시아 사람이었고, 주방에서 일하는 분들 중 인도네시아 출신이 몇 분 더 있었다. 여행을 떠나기 전 싱가포르에서 수년을 살았기 때문에 간단한 말레이어(인도네시아어) 몇 마디 정도는 할 줄 알았고, 그곳의 음식이나 문화도 익숙해서 아침마다 인도네시아어로 주방 팀 사람들에게 간단한 인사를 하곤 했다. 참고로 싱가포르에는 중국계, 말레이시아계 사람들이 많이 살고 있는데, 말레이시아의 표준어 말레이(Malay)와 인도네시아의 표준어 바하사(Bahasa)는 남한과 북한의 언어처럼 약간의 단어와 억양의 차이만 있을 뿐 거의 비슷했다.

배에 있는 사람들 중 마지막 부류는 승객들이다. 상당수는 유명한 잡지의 사진가, 예술가, 과학자, 연구원도 있었고, 호기심에 남극에 가보고 싶어서 참여한 여행가 등등 다양한 사람들로 이루어져 있었다. 국적도 호주, 미국, 캐나다, 독일, 프랑스, 아르헨티나 등등 다양하다. 승객들은 직업부터 국적까지 너무 다양한 사람들로 이루어져 있어서 딱히 공통점을 찾기는 어려웠지만, 내가 탄 크루즈의 경우 이를 운영하는 여행사가 호주에 본사를 둔 곳이어서 승객의 절반 정도가 호주와 뉴질랜드 사람이었다.

항해 팀, 탐험 팀, 호텔 팀 인원은 총 132명이었고, 승객은 160명이었다.

이렇게 배에는 총 292명이 타고 있었고, 한국에서 온 사람은 나와 아내, 두 사람뿐이었다.

| 드디어 남극 수렴대를 지나다

3월 4일. 우수아이아를 떠난 지 3일째 되던 날 아침 7시.

배의 옆면에 부딪치는 파도소리를 들으며 방 안에 누워있었다. 어제보다는 조금 파도가 괜찮아진 것 같았다. 하지만 어디까지나 이건 뱃멀미를 모르는 나의 기준일 뿐, 여전히 배 안의 승객 중 절반 정도는 뱃멀미 때문에 식사조차 힘들어하고 있었다.

방 안에 있는 동그란 창문 밖으로는 여전히 파도가 험하게 출렁이고 있었고, 창유리 속으로 동그랗게 햇살이 방으로 들어왔다. 방안에 있는 선내방송용 스피커에서 지직지직 소리가 났다.

"굿모닝 에브리원, 굿모닝!"

사람들의 잠을 갑자기 깨우지 않으려는 듯 부드러운 목소리가 흘러나왔다. 탐험 팀의 리더 스티븐이었다. 매일 방송을 시작하며 항상 하는 아침 인사였다. 곧이어 그는 조용한 목소리로 아침 방송을 시작했다.

"어제 밤사이 우리는 큰 진척이 있었습니다. 우리 배는 지난밤에 드디어 남극 수렴대(Antarctic Convergence)를 지났습니다. 이제 우리는 공식적으로 남극의 바다 위에 있음을 알려드립니다. 꿈꾸어 오던 곳에 한 발더 가까워졌습니다."

이야기가 끝나자마자 옆방에서 "우아~" 하는 환호성과 박수소리가 몇차례 들렸다. 우선 남극을 향해 순조롭게 다가가고 있다는 점이 다행이었고, 무엇보다도 사나운 드레이크 해협의 파도가 끝나가고 있다는 점이 무엇보다 반가웠다.

"남극에 꽤 여러 번 오는데, 드레이크 해협이 이렇게 잔잔했던 적은 처음인 것 같아."

배가 너무 흔들린다며 불안해하던 나에게 라일라가 말했다. 탐험 팀 가이드인 라일라는 싱가포르에서 온 친구로, 매년 10월부터 3월까지는 남극행, 6월부터 9월까지는 북극행 크루즈에 탑승한다고 했다. 같은 싱가포르에서 왔다는 인연(?)으로 우리는 빠르게 친해졌다. 더구나 몇 년 전에는 케이팝(K-Pop) 댄스 모임에서 강사를 했던 적이 있는 그녀는 한국 문화에 대해서도 꽤 많이 알고 있었고, 키가 크지는 않았지만 춤과 운동으로 몸을 다진 건강미 넘치는 친구였다. 그 후로도 라일라는 시간이 날 때마다 편한 대화 상대가 되어주었다. 그리고 무엇보다 라일라는 만나면 언제나 유쾌한 사람이었다.

│남극에서의 랜딩과 야외활동

아침 식사 후 강의실에는 승객 모두 반드시 참석해야 하는 IAATO(International Association of Antarctica Tour Operators, 국제남극여행사업자협회) 관련 교육이 예정되어 있었고, 그 후 조디악(Zodiac) 안전교육이 예정되어 있었다.

연구목적의 과학기지가 아니라면 남극에는 일반인이 거주하고 있지 않고, 특별한 경우가 아니라면 당연하게도 배를 댈 수 있는 항구도 없다. 따라서 크루즈는 남극의 대륙에 배를 대지 않는다. 배가 남극대륙 주변 바닷가에 도착하면 스태프 선원들은 바다 위에 고무보트를 내리고, 이 고무보트를 이용하여 승객들을 남극대륙이나 섬까지 이동시킨다. 이때 이용하는 고무보트가 바로 조디악이다.

남극 크루즈에는 랜딩(Landing)이 포함되어 있는 경우도 있고, 아닌 경우도 있다. 랜딩이 없는 경우는 크루즈를 타고 남극 주변의 이곳저곳을 배로 둘러보게 되고, 랜딩이 있는 경우에는 승객들을 고무보트

에 태워 남극대륙이나 주변의 섬에 내려다 주고, 그곳에서 야외활동
(Excursion)을 하게 된다.

그런데 국제남극여행사업자협회의 규정에 따르면 남극 땅을 밟는 이
랜딩 활동에 몇 가지 제약 사항이 있다. 그 규정을 살펴보면 다음과 같
은 내용이 있다.

- 승객이 500명 이상인 배의 주최 측에게는 랜딩을 금지한다.
- 랜딩하는 배의 주최 측은 랜딩시 한 장소에서 한 번에 방문자 100명을 넘
  기지 않는다.
  여기서 방문자는 승객과 랜딩에 관여하지 않는 선원이며, 탐험 팀의 가이
  드, 리더 그리고 랜딩에 관여하는 선원은 이에 포함되지 않는다.

위의 제한사항에 따르면 승객이 500명 이상인 크루즈의 승객은 남극 대륙에 내리는 것이 금지되어 있고, 500명 이하의 배라 할지라도 랜딩 시 인원을 100명으로 제한해야 한다. 결국 남극대륙이나 그 주변 섬에 내리는 랜딩 활동은 승객 500명 이하의 작은 크루즈에서만 가능하고, 한 랜딩 장소에 인원도 100명 이내여야 한다.

남극 여행을 계획하고 있는 독자들 중 랜딩을 하고자 한다면, 반드시 승객 500명 이하의 크루즈를 골라야 한다. 승객 100명 이하의 크루즈라면 한 장소에 승객 전원 랜딩도 가능하고, 승객이 200명 정도라면 인원을 두 그룹으로 만들어, 100명은 랜딩을 하고 나머지 100명은 주변 조디악 보트를 타고 크루징을 하며 주변을 방문하는 것도 좋은 방식이다. 그리고 일정 시간이 지나면 두 그룹이 역할을 바꾸어 크루징과 랜딩을 하도록 운영이 가능하다.

남극에 직접 발을 딛고 야외활동을 하는 것이 좋을지, 아니면 그냥 배 위에서 크루징을 하는 것이 좋은지는 사람마다 다를 것이다. 내 개인적으로는 체력적으로 문제가 없고, 큰 위험이 따르는 게 아니라면 굳이 랜딩을 마다할 필요는 없다고 생각했다. 어떤 것이 더 낫다고 우열을 가리기는 어렵다. 다만 내겐 두 가지가 서로 다른 경험이었다. 설악산의 산길을 걸으며 나무와 폭포, 바위들을 가까이서 보는 것도, 또는 설악산 주변을 드라이브하며 산의 전체적인 조망을 구경하는 것도 서로 다른 느낌이 있는 것과 마찬가지로, 남극에 도착하여 그곳에 발을 딛고 주변을 걷는다 해도, 또 그 주변을 크루징하며 경치를 감상한다 해도 그 어떤 것이든 살면서 보지 못한 경치를 보게 될 테니 말이다.

우리의 배는 승객이 160명이었고, 40명씩 네 개의 팀을 만들었다. 두 팀이 랜딩을 하는 동안 나머지 두 팀은 조디악 고무보트를 타고 크루징을 했다. 그 중 기상상황이 좋지 않았던 날은 배 위에서 크루징을 했는데, 이 역시도 환상적인 경험이었다.

| 다양한 크루즈 이벤트

배가 점점 남극에 가까워지는 동안 선내에 있는 익스페디션 팀은 앞으로 있을 몇 가지 이벤트를 소개해 주었다.

첫 번째는 퀴즈였다.

앞으로 남극에 가까이 가는 동안 '우리가 타고 있는 배보다 크기가 더 큰 빙하를 처음 만나는 날짜와 시간을 맞추는 것'이었다. 일인당 한 번씩만 답을 적어낼 수 있는데, 가장 가까운 시간을 맞추는 사람에게는 선물이 있었다.

다른 하나는 남극 탐험을 하며 승객들이 직접 본 동물들을 매일 확인하는 것이었다.

스태프들은 승객들이 자주 지나다니는 배 안의 카페 앞에 종이로 된 커다란 표를 붙여놓았다. 표의 세로축에는 남극권에서 볼 수 있는 동물 이름이 적혀있었고, 가로축에는 날짜가 적혀있었다. 그래서 누구나 야외활동 중 동물을 발견한 사람은 복도에 있는 '동물 확인표'에 표시하고, 날짜와 위치별로 우리가 어떤 동물을 발견하며 지나왔는지 표시하는 것이었다. 대부분의 야외 활동 시 익스페디션 팀이 항상 승객과 동행하기 때문에, 앞에 나타난 동물의 종류를 모르는 경우(특히 날아가는 새와 같은 경우에 가끔 헷갈릴 수 있다)에는 언제든 그들의 도움을 받을 수 있었다.

그밖에 가라오케, 퀴즈쇼, 영화상영, 연극, 강의, 스태프들과 남극에 대한 질문과 답변 이벤트들이 있었다.

하지만 가장 사람들의 관심을 끄는 것은 단연 '사진 콘테스트'였다.

남극을 탐험하는 동안 찍은 사진을 대상으로 배 안에서 여는 우리만의 콘테스트였으며, 인물, 풍경, 동물, 유머 총 4개의 카테고리가 있었다. 물론 우승자에게는 소정의 상품을 증정하는 내용이었다.

배에 탄 사람들 중 상당수가 잡지사 같은 곳의 프로페셔널 사진작가이거나 아마추어 사진작가들이었다. 그래서인지 사진 이벤트를 설명할 때 사람들의 관심이 매우 높아 보였고, 오랫동안 카메라를 손에 쥐고 지낸 나 역시도 사람들이 어떤 사진들을 찍어올지 궁금했다.

그리고 나도 맘에 드는 사진을 찍는다면, 콘테스트에 제출해보고 싶었다.

그냥 재미로.

| 남극에 첫 발을 내딛다

파도가 잠잠해졌다.

지난 며칠간 앙칼지게 몰아치던 파도는 남극에 가까워지자 어느 순간 잔잔해졌다. 아내도, 배 안의 사람들도 어제보다 컨디션이 나아보였다.

오전 강의가 끝나자, 배 안의 승객들은 조디악을 탑승하거나 남극으로 나갈 때 입을 옷, 신발, 가방 등을 회의실로 가지고 갔다. 그곳에는 진공청소기와 브러시가 여러 개 준비되어 있었고, 이것으로 외투와 가방에 묻은 이물질을 꼼꼼하게 떼어내고 청소했다. 신발이나 바지 끝에 묻은 먼지나 흙 속에는 미생물과 같은 것이 있을 수 있었고, 이것들을 꼼꼼히 떼어내어 혹시 남극의 오염원이 될 수 있는 것들을 제거하기 위해서였다.

10시쯤 잠시 배 안 카페에서 커피와 비스킷을 먹고 있을 무렵 다시 한번 선내방송이 흘러나왔다.

탐험 팀 리더 스티븐의 목소리였다.

"여러분들에게 좋은 소식을 하나 더 알려드립니다."

좋은 소식…? 짧은 순간 나의 온 신경은 선내에 울리는 방송에 집중했다.

"어제와 그제 날씨가 매우 좋았기에, 우리 배는 매우 순조롭게 남극 근처에 도달했습니다. (…중략…) 그리고 예정에는 없었지만, 아마도 우리는 오늘 오후에 보너스 랜딩을 할 수 있을 것 같습니다. 점심 식사 후 우리의 첫 번째 랜딩을 할 예정입니다."

여기저기서 사람들이 환호하는 소리가 들렸다.

남미에서 출발한 우리의 배는 사우스 셔틀랜드 제도(South Shetland Islands)를 지나고 있었고, 이곳은 남극대륙에 다다르기 전 여러 개의 섬들이 일렬로 늘어 서있는 곳이었다. 사우스 셔틀랜드 제도 중에 가장 큰 섬이 바로 킹조지 섬(King George Island)으로, 우리나라의 세종과학 기지가 있는 곳이기도 하다. 우리는 그 중에 두 군데를 들렀다 가기로 했다. 안타깝게도 킹 조지 섬은 아니고, 세실리아(Cecilia) 섬과 바리엔 토스(Barrientos) 섬이었다. 다만 이 먼 남극 근처에 우리와 같은 '대한민 국 사람'이 주변에 있다는 것만으로도, 그리고 그 옆을 지나간다는 생 각만으로도 왠지 기분이 좋았다. 이 배를 타고 있는 동안 또 다른 한국 인을 만날 리는 없겠지만, 혹시라도 마주친다면 뜨거운 마음으로 인사 할 것만 같았다.

"레드 그룹, 레드 그룹 멤버들은 이제 갱웨이(Gangway, 배의 옆면 출입 구)로 내려오세요."

초조하게 기다리고 있을 때, 선내방송이 나왔다.

'방송에서 분명 내가 속한 레.드. 그룹이라고 했지.'

배의 인원들을 40명씩 네 개의 컬러 그룹(레드, 블루, 옐로, 그린)으로 나 누어 그룹별로 차례가 되면 출동했다. 이 중에서 두 개의 그룹(40+40=80 명)은 조디악 고무보트를 타고 세실리아 섬으로, 나머지 두 그룹은 바 리엔토스 섬으로 가서 야외활동을 하기로 했고, 2시간 정도 후에는 서 로 위치를 바꾸기로 했다. 한 장소에 방문객 100명으로 제한되어 있는 IAATO(국제남극여행사업자협회)의 규정을 따르면서도, 최대한 많은 활 동을 보장하기 위한 방법이었다.

내가 지내는 객실 413호를 나온 후 복도에서 왼쪽 계단을 따라 한 층만

내려가면 바로 갱웨이로 연결되었다. 갱웨이 옆에는 큰 탈의실과 개인
사물함이 있어서 그곳에 개인용 방수부츠와 구명조끼를 두었고, 조디악
을 타러 나갈 때마다 그 자리에서 꺼내 입고 갱웨이로 출동할 수 있었다.
 조디악은 최대 10명까지 탑승할 수 있었다. 이번 남극 여행의 첫 조디
악 랜딩이어서인지 사람들의 표정에 설렘이 가득 차 있었다. 탐험 팀의
협조 하에 승객들은 준비가 되는 대로 한 사람씩 갱웨이를 빠져나갔다.
탑승인원 9-10명이 채워지면 조디악은 바로 출발했고, 주변에서 대기
하고 있던 다음 조디악이 갱웨이 앞 바다 위에 멈추면 다음 승객들이 조
디악에 탑승했다. 조디악에 올라타 자리를 잡자 가이드는 바로 보트의
시동을 걸었다. 흩날리는 싸락눈을 헤치며 보트는 빠른 속도로 해안으로
다가갔다. 보트에서 내리자 얼핏 보아도 수백 마리의 젠투 펭귄(Gentoo

Penguin)들이 해안가에 떼 지어 있었고, 언덕 위에는 커다란 자이언트 페트렐(Giant Petrel)이 둥지에서 알을 품고 있었다.

두 시간 후 세실리아 섬에서 바리엔토스 섬으로 고무보트를 타고 이동했다. 약 5-10분 정도 조디악으로 이동하는 동안, 가이드는 지금 우리가 가고 있는 바리엔토스 섬이 대규모의 턱끈(Chinstrap) 펭귄 서식지라고 일러주었다. 계절상으로 지금이 남극의 여름이라고는 해도 여전히 영하의 추운 날씨였다. 하지만 조디악 고무보트가 섬에 다다를 무렵 바닷가에 나와 있는 펭귄들은 우리에게 추운 날씨를 모두 잊게 했다. 랜딩 첫날이라 사람들은 호기심 가득한 눈빛으로 자연 속 펭귄을 지켜보았다.

펭귄 한 마리가 뒤뚱거리며 앞으로 후다다닥 달려가자 다른 한 마리가 앞서 달려가는 펭귄을 쫓아가고, 그러면서 두 펭귄이 우리 앞을 가로질러 마구 뛰어갔다. 이 땅의 주인인 야생동물들의 일상을 최대한 방해하지 않아야 한다고 생각해서 우리는 근처에 펭귄이 다가오기라도 하면 바로 가던 길을 멈추거나 그들에게 길을 양보했고, 펭귄들은 마치 우리의 양보가 당연하다는 듯 방문객들을 아랑곳하지 않고 행동했다.

바다가 잘 내려다보이는 언덕에 턱끈 펭귄들이 무리지어 서 있었다. 턱끈 펭귄이라는 이름은 부리 아래에 그려진 검은 띠가 모자의 턱끈 같이 생겼다고 하여 붙여진 이름이고, 영어로도 'Chinstrap' 말 그대로 '턱끈' 펭귄이었다. 다른 펭귄보다도 덩치가 작은 편인 턱끈 펭귄은 언뜻 보면 턱의 검은 줄이 마치 웃고 있는 입처럼 보였다. 키 작은 턱끈 펭귄들은 서로 옹기종기 모여 누군가를 기다리기라도 하는 것처럼 바람이 불어오는 언덕에서 바닷가를 바라보고 있었다. 사람이 근처에 가도 꿈쩍도 하지 않았다.

대부분의 야생동물은 인간을 피한다. 자식을 지키려는 모성본능이나 극도의 배고픔과 같은 특별한 상황에는 인간에게 공격성을 드러내 보이기도 하지만, 일반적으로 대부분의 야생동물은 인간과 겹치지 않는 활동 영역을 찾는다. 그들은 인간의 주변에 있어봐야 결국 사살당하거나, 또는 먹잇감이 되고 마는 비극적 결말을 오랜 진화를 통해 체득했을 테니 말이다. 결국 인간과 같은 외부 침입자를 피해 작은 위협에도 재빨리 도망가는 개체들이 그렇지 않은 부류보다 더 잘 살아남았을 것이고, 또한 인간의 영향력이 확대될수록 인간과 같은 침입자가 덜 활동하는 시간대의 야행성 동물들이 더 많아지게 되었을 것이다. 인간이 야생동물의 습성에 영향을 끼친 유일한 원인은 아니지만, 여러 가지 원인 중에 인간의 영향이 있다는 것은 부인할 수가 없다.

그런데, 이 녀석들은 그렇지가 않다.

아무렇지 않아 보이는 겉 표정과는 달리, 이들은 속으로는 낯선 외부 존재의 등장으로 인해 꽤나 심한 내적 갈등을 겪고 있을 수도 있다. 하지만 분명해 보이는 것은 이 아이들의 DNA에는 두 발로 걷는 포유류가 다가오면 얼른 도망을 가는 게 생존에 유리하다는 지식이 담겨있는 것 같지는 않다. 아마도 오랜 기간 인간의 발걸음이 닿지 않은 곳에서 진화 해온 개체들이기 때문일 것이다.

이곳에 온 사람들은 그래서 더욱 남극의 펭귄에게 매료되는 것 같았다. 사람을 두려워하지 않고, 크게 의식도 하지 않는다. 내가 다가가도 피 하려 하지도 않고, 오히려 호기심 어린 눈으로 나를 쳐다보는 야생의 존 재. 야생 펭귄, 적어도 지금껏 동물원에서 보던 펭귄과는 다른 아이들 이었다.

예정에 없던 보너스 랜딩이었지만, 인간과 접촉하지 않은 자연 동물 들을 보며 앞으로 눈으로 뒤덮인 대륙에서 무엇을 보게 될지 더욱 기대 가 되었다.

저녁 무렵이 되자 사람들은 조디악을 타고 배로 돌아왔다.

크루즈는 다시 움직이기 시작했다. 배는 이제 사우스 셔틀랜드 제도를 지나 남극반도로 향했다. 주변 경치도 확연히 달라졌다. 거친 파도가 흐 르던 어제 그제와는 달리 이제 우리가 탄 배 옆으로 설산과 빙하, 그리 고 유빙들이 흘러지나갔다.

| 남극은 어느 나라의 소유인가요?

이 질문에 대한 답변은 확실하다. 남극은 그 누구의 땅도 아니다. 현재 국제사회에서 남극은 인류의 공통자산이다. 하지만 한 가지를 덧붙여야 한다. 현재로서는 그렇다.

20세기 초반 영국이 남극에 내한 영유권을 주장하기 시작하여, 1940년대까지 뉴질랜드, 프랑스, 노르웨이, 호주, 칠레, 아르헨티나 총 7개 나라가 각자의 논리로 남극을 쪼개어 자신들의 영토라고 주장했다. 이에 1959년 미국의 주도하에 국제사회는 '남극조약(Antarctic Treaty)'을 체결하여 남극을 과학 연구용으로만 사용하고 영유권 선언을 금지하는 것에 서명했다. 우리나라도 1986년에 33번째로 남극조약에 가입했다. 이로 인해 현재는 남극에 대해 어느 국가의 영유권도 인정되지 않고 있다.

하지만 2048년 조약이 만료되는 시점에 이르면 이야기가 달라진다.

2048년이 가까워질수록 국제사회가 직면할 '남극 영토분쟁'이 뻔히 예상되기 때문이다.

이미 남극에 자국의 주민을 보내 살도록 하거나, 행정구역을 지정하고 주민번호까지 발급하고 있는 나라도 있다. 2013년 남극해양생물자원보존위원회(CCAMLR) 운동가들은 남극을 지구의 자원보존지로 남기자고 주장했지만, 중국, 러시아 등의 국가에서는 이를 거부하였다. 경제 개발을 위해 남극에 매장되어 있는 것으로 추측되는 자원을 개발하기 위해서이다.

남극대륙의 표면은 얼음으로 덮여있지만, 내부에는 쿠웨이트보다도 많은 석유가 매장되어 있고, 또한 최근에는 다이아몬드를 포함하는 광맥이 있는 것으로 추정되고 있다. 이런 이유로 각국에서는 남극의 자원에 집중하고 있고, 일부 국가에서는 남극조약의 재정립을 거부하고 있다. 조약 만료 시점이 다가올수록 이러한 주장은 더욱 치열해질 것이다.

| 작은 빙하 조각이 떠있는 바다를 헤치며

3월 4일. 떠나온 지 넷째 날.

남극에서의 또 하루가 시작되었다. 아침 6시 40분이 되자 익스페디션 팀 리더 스티븐의 방송이 흘러나왔다.

아침에 눈을 뜨면 가장 먼저 하는 일은 머리맡의 둥근 창문 너머 새하얀 대륙을 보는 일이었다. 커튼을 젖히자 오늘은 시퍼런 바닷물과 사람이 살고 있지 않은 눈 덮인 땅이 보였다.

예정보다 빠른 속도로 남극 주변에 도착했기에 어제는 보너스 랜딩을 할 수 있었는데, 오늘 아침엔 이제까지와는 다른 세상이 보였다. 크리스털처럼 쨍하게 맑은 물 표면은 햇빛에 반짝이며 출렁이고 있었고, 그 너머로 겹겹이 만년설로 쌓인 산들이 있었다.

그래. 사진에서만 보던 바로 그 남극이었다.

아침 식사 후 서둘러 조디악에 탈 준비를 했다.

추위에 대비하기 위해 위에 고어텍스 외투 안에 경량 패딩을 하나 더 껴입고, 아래는 내복과 등산용 바지를, 그리고 그 위에 방수 커버 바지를 한 겹 더 입었다. 조디악 보트를 타고 가다가 거친 파도에 종종 옷이 물에 젖으면, 남극의 날씨에서 금세 얼어붙어 외부 활동이 어려워질 수가 있었다. 또한 외부에는 눈이 내리거나 빙하도 많아서 옷을 따뜻하게 입는 것만큼이나 위아래 방수가 되는 외투 역시 중요했다.

크루즈를 떠난 조디악은 트리니티 섬(Trinity)으로 향했다. 그리고 섬의 남쪽 연안에 있는 미켈슨 항(Mikkelsen Harbor)으로 서서히 접근했다.

더없이 맑고 투명한 바닷물에 하얀 안개가 반사되는가 싶더니, 곧이어 수천수만 개의 작은 빙하 조각이 떠있는 바다를 헤치며 지나갔다. 고무보트의 모터에 커다란 빙하가 부딪치지 않도록 배는 작은 얼음들이 있는 방향으로 얼음을 헤집으며 앞으로 나아갔다. 우리 뒤에 오고 있던 또 다른 조디악도 우리가 지나온 길을 따라 천천히 우리를 따라왔다.

앞 바닷가에는 어린아이 같은 젠투 펭귄들이 살고 있었고, 해안가에는 희고 통통한 물개 한 마리가 낮잠을 자고 있었다. 게잡이 물범(Crabeater Seal)이었다. 자는 얼굴이 자연스레 웃는 것처럼 생겨 몇몇 사람들이 다가가서 이리저리 사진을 찍어댔다. 숨을 들이마실 때마다 통통한 몸집이 부풀어 오르고, 내쉴 때 줄어드는 모습에 사람들은 주변에서 연신 큭큭거리고 있었다.

미켈슨 항에서 해안을 따라 걸어가자 예상치 못했던 광경이 눈에 들어왔다.

거대한 포유동물의 뼈. 고래 뼈였다. 커다란 뼈들이 그대로 쌓여있었다. 여기저기에 흩어져있는 뼈들은 마치 자연사 박물관에 있는 거대한 공룡의 뼈 같았다. 하지만 가지런히 정리되어 있는 박물관과는 다르게 여기저기 널브러져 있었다. 그리고 그 옆에는 나무가 다 뜯겨나간 오래된 나무 보트도 앙상하게 남아있었다. 석유와 전기를 찾아내기 전까지 인류의 산업 에너지 자원이었던 고래 기름을 얻기 위해 포경을 하던 흔적이었다.

미켈슨 항은 오래 전 고래잡이 선원들이 머무르며 고래를 도축했던 곳이다. 시간이 지날수록 인간은 더 많은 기름을 얻기를 원했고, 더 많은 고래를 포획하기를 원했다. 그 결과 이곳에는 고래의 도축만을 전문적으로 도맡아서 하는 사람들이 생겨났고, 고래잡이 선원들에게는 바다로

나가 더 많은 고래를 잡아들일 것을 요구했다. 결국 고래의 개체 수는 멸종위기에 다다를 정도로 감소했다.

5대양 6대주에 속하지 않은 일곱 번째 대륙까지 인간의 탐욕이 미치던 시절이 있었다. 오랜 기간 이곳에 살아왔던 동물들이 이기적인 호모 사피엔스의 영향을 받지 않고 살아갈 수 있는 곳으로 오랫동안 남아있기를 잠시 기원했다.

| 빙하 사이로 혹등고래와 펭귄과 물범이

"저기 험프백(Humpback, 혹등고래) 두 마리!"

조디악이 커티스 베이(Curtiss Bay) 근처를 출발하자마자 탐험 팀 다니엘은 앞바다를 가리키며 소리쳤다.

그러자 바다 위에서 고래의 물줄기가 뿜어져 나왔다.

빙하가 떠다니는 바다에서 고래 두 마리는 천천히 수면 위로 올라왔다가, 다시 머리부터 물속으로 넣으며 접영을 하듯 앞으로 헤엄쳐 나갔다. 커다란 고래의 머리가 바다 속으로 들어가면, 물 위에는 반달처럼 생긴 등지느러미가 보였고, 곧이어 고래의 꼬리가 수면 위로 올라왔다. 하얀 얼음이 떠다니는 바닷물에 커다란 꼬리가 보였다가 물속으로 빨려 들어가고 다시 고래의 머리가 떠오르기를 반복하고 있었다. 다니엘은 고래의 종류에 따라 뿜어내는 물줄기의 모양이 어떻게 다른지, 물 위에 떠오르는 꼬리의 모양이 서로 어떻게 다른지를 우리에게 설명해 주었다. 혹등고래의 경우 다른 고래보다 물줄기 모양이 풍선처럼 더 동그란 편이

고, 긴수염고래의 경우엔 물줄기가 등 위에서 양쪽으로 뿜어져 나와 언뜻 멀리서 보면 하트 모양처럼 보인다고 했다. 유달리 크고 높은 물줄기는 지구상에서 현존하는 가장 큰 동물인 대왕고래의 신호였다. 다니엘은 고래의 물줄기와 지느러미, 꼬리 모양을 보고 고래의 종류를 분간한다고 했다.

우리가 탄 고무보트는 잘게 부서진 빙하 조각이 떠다니는 바닷가를 서서히 움직였다.

"저기 턱끈 (펭귄)과 젠투 (펭귄)."

다니엘은 고무보트를 운전하며 계속 이곳저곳을 가리켰다.

턱끈 펭귄 한 마리가 떠다니는 빙하 위에 홀로 서있었다. 모습이 마치 무인도에 혼자 남겨진 영화 속 주인공처럼 보였다. '지금 올라 서있는 빙하가 곧 녹아 없어질 텐데, 쟤는 그럼 어떻게 되는 것일까?'라고 잠시 생각하다가 펭귄의 수영 실력이 대단하다는 사실을 깨닫고 혼자 피식하고 웃었다. 나무 한 그루 없는 눈 내리는 바다 한가운데 빙하 위에 홀로 선 '두 발로 걷는 동물'을 보고 있으니 괜히 아찔한 생각이 들었다. 두 발로 걷는다는 공통점 때문인지 나도 모르게 무의식적으로 펭귄들을 의인화시키곤 했다.

곧이어 바로 다시 오른쪽 빙하를 가리키며 가이드가 소리쳤다.

"레오파드 물범(Leopard Seal)!"

크기가 10여 미터가량 되는 유빙이 파도 너울에 따라 위아래로 출렁거리고 있었고, 몸집이 꽤나 큰 물범이 그 빙하 위에 누워 자고 있었다. 물범은 잠시 후에 빙하에서 내려와 바닷물 속으로 들어갔다가, 물 밖으로 얼굴을 내밀어 우리가 탄 보트를 바라보았다. 차가운 바닷물 속에서 세

로로 몸을 세운 채 우리를 바라보았고, 몇 초 간격으로 얼굴을 물속에 숨
겼다가 다시 수면 위로 올라오는 행동을 반복적으로 하고 있었다. 마치
오늘 새로 방문한 사람들에게 아는 척이라도 하는 것 같았다.

　다니엘은 우리와 같은 남극 크루즈에 타고 있는 탐험 팀의 일원이었
다. 그는 남극의 여름인 11-3월에는 남극 탐험 가이드를 하고, 북극의
여름인 6-9월이 오면 캐나다 북부와 북극권을 다니는 극지방 전문 가
이드이다. 그는 내셔널지오그래픽과 같은 유명 사진작가들과 함께 작업
했던 자신의 경험을 이야기해주었다. 남극 물범이나 북극곰과 같은 극
지방의 야생동물을 카메라에 담으려는 사진가들이 안전하게 촬영할 수
있도록 그들과 오지 탐험을 하는 게 그의 주요 임무여서, 그는 사진가들
의 작업 환경과 습성을 꽤나 잘 이해하고 있었다. 특히 작가들이 피사체
에 지나치게 몰입해있는 경우, 주변 상황을 제대로 파악하지 못해 위험
한 상황이 종종 발생한다며, 그럴 때 자신은 전적으로 주변의 위험 상황
을 살피는 일에 전념한다고 했다. 다니엘은 우리가 지금 보고 있는 레오
파드 물범이 가끔씩 보이는 공격적인 행동에 대해 주의를 주었고, 펭귄

뿐 아니라 사람에게 공격을 가한 기록도 있으니 너무 과도하게 접근하지는 말라고 주의를 주었다.

　주변은 눈 덮인 산으로 빼곡하게 둘러싸여 있었고, 머리 위에는 거대한 가마우지와 자이언트 페트렐이 날아다녔다. 희고 푸릇푸릇한 바다 위 빙하에는 펭귄들이 무리를 지어 있었고, 물속에서 여러 마리의 물개들이 자신들의 터전을 방문한 인간들을 구경하는 사이, 저 멀리 고래들은 물기둥을 뿌리며 멀어지고 있었다.

　보트 위의 사람들은 같은 시간 같은 장소에 있었지만 서로 각자 다른 것들을 보고 있었고, 저녁때가 되어 배에 돌아오면 따뜻한 샤워 후에 저녁 식사를 하며 서로 본 것들을 이야기했다.

| 희망을 찾아서

2020년 2월 6일 남극대륙의 북쪽에 있는 에스페란사(Esperanza) 연구기지의 관측기온이 18.3도를 기록하며, 종전 공식기록(2015년 3월 17.5도)을 넘어섰다. 그리고 3일 후인 2월 9일 남극대륙 사상 처음으로 에스페란사의 기온이 20.75도를 기록하며 남극 최고기온으로 기록되었다.

'세계기상기구 남극반도 기온 18.3도…. 역대 최고치' – KBS뉴스 2020년 2월 8일

'남극 기온 영상 20도…. 이상한 1월' – 경향신문 2020년 2월 14일

'뜨거워지는 지구… 남극대륙서 사상 최초로 영상 20도 기록' – 매일경제 2020년 2월 14일

'남극이 녹는다…. 사상 처음 섭씨 20도 넘어' – 스카이데일리 2020년 2월 16일

에스페란사 주변 기지의 연구진에 따르면, 최근 남극대륙의 고온이 전 지구적인 기후의 변화라기보다는 일회성 고온현상이라 했다. 하지만 최근 20년간 남극대륙 서쪽 남극반도의 기온이 비정상적으로 요동치는 양상을 보인다고 했다.

남극반도의 기온이 역대 최고치를 기록했다는 소식 보름 후, 우리의 배는 바로 그곳 에스페란사로 향하고 있었다. Esperanza는 스페인어로

'희망'이라는 의미이지만, 이상기온 소식으로 요 며칠은 희망보다는 우려를 가지고 지켜보게 되는 곳이었다.

아침이 밝았다.

일어나자마자 습관처럼 방안의 커튼을 젖히고 창밖을 보았다. 며칠 만에 보는 남극에서의 파아란 하늘이었다. 지난 며칠 이곳의 날씨는 변화무쌍해서, 하늘이 맑다가도 30분 후에 눈이 내린다거나 갑자기 흐려지곤 했다. 그래서 지금처럼 쨍하게 눈 덮인 육지가 보이고 날이 좋은 때는 조금이라도 더 많이 그 순간을 즐겨야 했다. 언제 다시 흐린 구름과 짙은 안개가 밀려올지 모르는 곳이기 때문이다. '희망'의 도시에서의 아침은 희망차 보였다. 하지만 희망이 절망으로 바뀌는 데는 그리 오래 걸리지 않았다.

"오늘은 에스페란사에 랜딩할 예정이었지만, 파도가 거칠어 조디악을 띄우지 못할 것 같습니다. 그래서 플랜B를 가동해야 할 것 같아요. 30분 정도 파도를 더 지켜보다가 상황이 나아지지 않으면, 오늘 오후에 방문할 예정이던 브라운블러프(Brown Bluff)에 먼저 갔다가, 오후에 이곳으로 다시 돌아오도록 하겠습니다. 현재 브라운블러프 지역은 날씨가 괜찮아 보이거든요."

사람들은 스티븐이 제시한 플랜B에 흡족해했다. 어쨌거나 오전, 오후 활동의 순서만 바뀌는 것이니.

파란 하늘과 태양도 쨍한 날이어서 끝내주는 날이 될 것이라 생각하고 있었는데. 이곳에서는 햇볕이나 강우보다도 바람이 절대적으로 중요했다. 결국 파도에 가장 크게 영향을 미치는 것은 '바람의 세기'이고, 파도가 거칠면 조디악을 운영할 수 없기 때문이다. 겉으로 보기에는 하늘이

쨍하고 아름다워 보이는 날씨일지라도 말이다.

　30분 후에도 바람은 잦아들지 않았다.

　재빨리 배를 움직여 오후에 들르려 했던 브라운블러프로 향했다. 그러나 예상했던 것과는 다르게 브라운블러프에도 바람이 꽤 세게 불고 있었다.

　"플랜C를 가동해야 할 것 같네요. 이곳에서 배를 타고 남극반도를 따라 아래로 내려가면 남극만(Antarctic Sound)이 나오는데, 어마어마하게 큰 빙하들이 떠다니고 경치가 멋진 곳이 나오니 오늘 우리는 배 위에서 경치를 감상하는 겁니다. 아마도 오늘 저녁에 알게 되실 거예요. 저의 세 번째 옵션이 결코 첫 번째, 두 번째보다 떨어지지 않는다는 것을요. 일단 보시죠."

　선장과 스티븐은 무언가를 보여주겠다는 듯 자신 있는 투로 말하며 뱃머리를 돌렸다.

| 플랜C, 유빙들 사이로 붉은 노을이

남극 여행은 끊임없이 변하는 날씨와의 싸움이다.

리더는 배가 가는 위치 따라 승객들을 안내할 탐험 옵션 4개 정도(플랜 A, B, C, D)를 항상 준비하고 있다고 했다. 그리고 기상, 파도, 날씨의 상황에 따라 그 순간에 가장 나아보이는 선택을 할 뿐, 그것들의 우열을 가리기는 어렵다고 했다.

처음 그 이야기를 들었을 때는, 나는 랜딩을 못한다는 소식에 아쉬워하는 승객들을 실망시키지 않으려고 리더 스티븐이 그냥 하는 이야기이겠거니 생각했다. 하지만 적어도 이날의 남극만 크루징은 자연 속 풍경사진 찍는 것을 좋아하는 나에게 더없이 의미 있는 시간들이었다. 조디악을 타고 크루징을 하는 경우 해안을 따라 절벽 근처에 간다거나, 물에 떠다니는 빙하에 비교적 가까이 접근하는 등 사람들이 스스로 걸어서는 접근하기 어려운 위치에서 관찰할 수 있게 해주는 장점이 있었다. 반면 크루즈 호를 타고 크루징을 하면 더 멀리 떨어진 위치에서 남극대륙과 주변의 전체적인 경치를 볼 수 있었고, 또한 조디악으로는 가보기 어려운 커다란 유빙들이 모여 있는 곳과 같은 곳도 가볼 수 있었다. 그리고 결정적으로 크고 작은 파도에 끊임없이 출렁거리는 조디악보다 상대적으로 흔들림이 적은 큰 배가 사진을 찍기에는 훨씬 유리했다.

배는 남극반도의 바다에서 육지를 향해 움푹 들어간 남극만으로 향했다. 나는 배의 후미에 있는 오픈 데크에 서서 배가 지나온 바닷길을 바라보았다. 거센 바람에 가방에서 선글라스를 꺼내어 썼다. 더 이상 우수아이아를 떠나며 느꼈던 시원한 파타고니아의 바람이 아니었다. 매서운 남극의 바람이었다.

그때 누군가 소리를 쳤다.

"오른편에 고래다!"

흔들리는 난간을 조심스레 잡고 배의 후미에서 옆면으로 이동했다. 하지만 고래는 이미 저 멀리 가버린 후였다. 고래의 등에서 뿜어져 나온 물줄기만 먼 바다 위로 보였다. 사라져가는 고래를 보며 잠시 배의 옆면 데크에 서있었다.

배 아래에 출렁이는 물결은 오늘따라 유난히 차가워보였다.

그때 바다 위를 낮게 날고 있는 새의 무리가 보였다. 새 무리들은 우리의 배와 속도를 맞추어 같이 날고 있었고, 나는 6층 데크에서 새들을 내려다보았다. 새들은 해수면 근처에서 점점 높은 곳으로 날아오르더니 잠시 후 내가 서있는 곳까지 날아올랐고, 나의 눈앞에서 한참을 날았다. 남극 가마우지 떼였다. 그들은 바로 눈앞에서 거센 극지의 바람에 저항하며 날갯짓을 하고 있었다. 새들의 깃털에 새겨진 무늬와 다리, 그리고 얼굴과 부리가 뚜렷이 보일 만큼 한참을 옆에서 날았다. 그리고 빠른 속도로 하늘을 비행하는 새들의 날갯짓 너머로 눈 덮인 남극대륙이 배경처럼 지나가고 있었다. 나는 재빨리 카메라를 꺼내 셔터를 눌렀다.

배가 나아가는 방향에 점점 더 빙하들이 많아지기 시작했다. 그리고는 거대하고 평평한 빙붕(Ice Shelf, 남극대륙과 이어져 남극 바다 위에 떠 있는 남극 해안지대의 상징과도 같은 평평한 얼음으로, 얼음의 두께는 약 1km 정도)들이 보였다. 빙붕은 멀리서 볼 땐 그저 넓적한 판 모양의 얼음이었지만, 가까이 접근하자 물 위로 드러난 빙붕의 옆면이 수십에서 100미터 가까이 되는 듯했다. 높이 100여 미터가 되는 얼음 절벽(빙붕)들이 우리

배 주변을 스쳐지나갔다. 빙붕의 넓이는 수십 킬로미터는 족히 되어보였다. 사람들은 배의 꼭대기 층(옥상)이나 갑판에 나와 거대한 빙붕을 구경했다. 간간히 바닷물이 얼어붙은 해빙과 빙붕에서 떨어져 나온 수십미터 크기의 얼음 조각들도 바다 위에 떠다니고 있었다.

가까이 있는 것부터 멀리에 있는 빙붕들까지, 눈을 뜨면 수십 개의 크고 작은 빙붕 사이로 배는 미끄러지듯 항해를 계속했다.

그리고 그날.

거대한 빙하와 함께 떠다니던 날.

남극에 와서 처음으로 붉은 노을을 보았다. 저물어가는 태양빛이 빙하의 옆면을 붉게 물들였다. 희고 푸른 유빙들은 노을 지는 태양 빛을 받아

붉게 빛났다. 어두워지는 남극 바다에 떠다니는 수백 개의 빙하들이 한 순간 빨간 형광물질을 바른 듯 저마다 빛을 뿜었다.

가까이서. 멀리서.

가까이서. 멀리서.

어둠 속에 배가 빙하로 둘러싸이지 않도록, 우리는 더 어두워지기 전에 얼른 배의 방향을 돌렸다.

이날 저녁 태양이 낮은 각도로 산과 유빙을 역광으로 비출 때 나도 사진을 찍었다. 그리고 그 사진으로 배가 남극을 떠날 때 했던 사진 콘테스트에서 1위를 하는 영광을 누렸다. 덕분에 남은 여행기간 동안 배에 있던 많은 사진가들에게 축하를 받고, 사진에 대해 이런저런 이야기를 할 수 있는 기회를 가질 수 있었다.

| 펭귄, 자유의 상징

펭귄이라는 동물에 관심을 가진 건 대학교 시절이었다.

나는 20대 초반에 컴퓨터 다루는 것을 유난히 좋아했다. 하루 종일 컴퓨터에 달라붙어 지냈고, 우연히 '리눅스'라는 시스템에 매료된 순간부터는 눈뜰 때부터 잠들기 전까지 모든 시간을 리눅스에만 쏟아 부으며 지냈다. 매일 첫 차를 타고 대학교 전산실에 갔고, 마지막 밤 버스를 타고 집에 왔다.

대학 시절 리눅스로 알게 된 사람들과 '전국 리눅스 공동체 세미나'를 개최하며 아내도 처음 만났고, 이후의 진로 역시 직간접적으로 이와 연관된 길을 걸었다. 덕분에 학창 시절에는 컴퓨터 잡지사에 글을 기고하거나 리눅스 관련 영문 서적을 번역하며 간간히 용돈을 벌기도 했다.

사실 내가 좋아했던 것은 리눅스 자체라기보다는 리눅스가 표방하고 있는 '자유정신'이었다. 당시 시장에서 독점적인 지위를 누리던 마이크로소프트사의 폐쇄적 개발 방식보다, 리눅스의 기술 표준을 사적 소유물이 아닌 공공재로 만든 '자유정신'에 매료되었던 것이다. (에릭 레이몬드의 『성당과 시장』이라는 책에 이 두 가지 개발 방식에 대해 잘 설명되어 있고, 번역본 pdf도 무료로 공개되어 있다.)

이 리눅스의 마스코트가 펭귄이었다. 그래서 내 방엔 검은 턱시도에 하얀 셔츠를 입고 있는 것처럼 생긴 펭귄 스티커들이 항상 붙어있었고, 오랜 시간 '자유 소프트웨어' 정신을 존경해 온 내게 펭귄은 '자유의 상징'이었다.

하루 일과를 마치고 승객들이 쉬는 밤이 되면 배는 움직이기 시작했다.

선장과 리더는 종합적인 기상 상황을 고려하여 어느 곳으로 배가 이동할지를 결정했다. 물론 처음 출항할 때 미리 배의 목적지를 정하기는 하지만, 시시각각 변하는 극지방의 날씨와 바다 상황으로 그때그때 판단을 내리며 항해를 해야만 했다.

아침이 되면 선내방송으로 오늘 배가 도착해 있는 곳을 알려주었다.

그리고 그곳에 대해 간단한 설명도 덧붙였다. 오늘 도착한 곳은 폴렛섬(Paulet Island)이라는 곳이고, 역사적으로 어떤 일들이 있었는지, 그리고 어떤 종류의 펭귄이나 동물들이 그곳에서 집단 서식을 하는지 알려주는 식이다.

그럼으로써 조만간 밖에서 접하게 될 바다 동물이나 펭귄들의 특징에 대해 미리 자료를 찾아보고 나갈 수 있었고, 혹시 예고 없이 찾아온 손님으로서 지켜야 할 것은 없는지 준비하곤 했다.

펭귄은 모두 똑같다고 생각하는 사람들도 많지만, 실제로 펭귄은 종류가 18가지나 된다. 펭귄은 '바다 새(Seabird)'의 일종이며, 펭귄 중에는 열대 지방에 살거나 갈라파고스 제도에 사는 펭귄도 있다. 하지만 이 18종류 중에서 실제 남극에서 서식하는 펭귄은 6가지(황제, 임금, 아델리, 젠투, 턱끈, 마카로니 펭귄)뿐이다.

남극 여행을 하는 동안 우리는 펭귄들의 집단 서식지를 방문하며 하루하루 서로 다른 종류의 펭귄들을 만났다. 커다란 임금 펭귄(King Penguin) 무리에 홀로 섞여있는 키 작은 아델리(Adelie) 펭귄이나, 젠투 펭귄의 새끼를 노리는 바다 새에 맞서 함께 싸우는 턱끈 펭귄의 동지애도 볼 수 있었다.

오랫동안 외부의 침입 없이 자유롭게 살아온 탓에 펭귄들은 사람을 두려워하거나 피하지 않았고, 오히려 인간에 대해 매우 호기심이 많았다. 우리에게 먼저 접근하고 심지어 따라다니기도 했다. 푸른 빙하와 하얀 눈밭 위에서 자유롭게 생활하는 펭귄의 모습은 여행 내내 인상적이었다.

유리벽에 갇혀 주말 나들이 나온 사람들의 구경거리가 된다거나, 사육사의 손짓에 반응하며 먹을 것을 구걸하는 생을 살지 않아도 되는 자유로운 펭귄들을 접할 수 있었다. 남극이 오늘날까지도 야생동물이 마음껏 자유를 누리며 살아갈 수 있는 환경으로 남겨진 것에 감사했다.

| 스웨덴 탐험가들의 조난기지, 폴렛 섬

폴렛 섬은 1915년 남극 탐험을 떠났다가 배가 난파된 영국 탐험가 섀클턴이 처음 표류를 시작할 때 오려고 했던 섬이다. 이보다 약 10여 년 전 스웨덴의 탐험가들이 배가 부서져서 이곳에 머무르며 기지를 짓고 누군가 구조해주기를 기다렸던 곳이기 때문에, 섀클턴 역시 자신의 배가 난파되자 이곳에 오려고 했다. 하지만 섀클턴 탐험대가 타고 있던 빙하는 얼음과 바람에 밀려 이 섬보다 동쪽 멀리로 밀려나가는 바람에 결국 섀클턴은 이곳에 오지 못했다.

탐험가 섀클턴의 남극 항로를 따라 탐험을 하고 있는 우리 배는 폴렛 섬 근처에 다다랐다. 폴렛 섬 근처에서 우리가 탄 고무보트는 서서히 얼음 사이를 헤엄쳐갔다. 그리고 커다란 빙하들이 널브러져 있는 해변에 다다랐다. 해변에는 많은 얼음 조각들이 널려있었고, 해변 밖의 바다에는 거대한 푸른 빙붕이 병풍처럼 늘어섰다.

빙하는 하얀색이라 생각하기 쉽지만 사실은 푸른색에 가깝다.

비교적 최근에 만들어진 빙하의 윗부분은 옅은 푸른색을 띠는 반면, 빙하의 아랫부분은 쌓인 눈과 얼음의 무게로 오랜 시간 높은 압력을 받아 푸르다 못해 짙은 남색이기도 하다. 그래서 거대한 압력이 가해지는 빙하의 밑 부분은 하얀 눈덩어리이기보다는, 짙은 남색의 투명한 얼음에 가깝다.

고무보트가 푸른 얼음들이 누워있는 폴렛 섬의 해안에 다다르자, 키가 작고 눈 주위에 흰 테두리가 동그랗게 있는 아델리 펭귄들이 삼삼오오 해안을 걸어 다니고 있었다. 그들은 마치 푸른 빙하 숲을 돌아다니

고 있는 듯했다. 한쪽 언덕에는 수백 마리의 가마우지 떼가 무리를 지어 있었다.

섬에는 예전 탐험가들이 사용했던 오두막의 흔적들과 묘지가 있었다. 남극을 탐험하기 위해 사투를 벌였던 사람들의 이야기가 불과 100년 전의 일이었다. 인류는 지난 100년간 그 어느 시대에도 이룩하지 못했던 발전을 거듭했고, 이제 남극은 분명 예전보다 도달하기 쉬운 곳이 되었다.

예전 탐험대원들의 흔적은 이제 아델리 펭귄들이 살아가는 푸른 빙하의 터전이 되어있었다.

| 레오파드 물범의 펭귄 사냥

오늘따라 바람이 매서웠다.

위 아래로 몇 겹의 옷을 입고, 얼굴엔 버프 마스크와 비니를 둘렀다. 그리고 그 위에 또 한 겹의 고어텍스 모자도 썼지만, 야외에서 조금 시간을 보내니 뒤통수가 얼얼해져 왔다.

조디악은 찬 물살을 가르며 남극반도의 끝부분에 있는 데인저 섬(Danger Island)으로 향했다. 보트가 천천히 섬으로 다가가고 있을 때, 보트 앞 15여 미터 앞에서 무엇인가가 철썩하며 바닷물 위로 내동댕이치듯 내쳐졌다. 바닷물이 사방에 튀었다. 순식간에 일어난 빠르고 강한 움직임이었다.

우리는 고무보트의 모터를 껐다. 주위가 조용해졌다.

시동이 꺼진 고무보트의 속도가 서서히 느려졌다.

보트에 탄 사람들은 조용히 앞을 주시했다.

그때였다. 물속에서 나온 이빨이 바닷물 위에 무언가를 물고는 다시 한 번 반대편 수면 위로 내동댕이쳤다. 바닷물 위로 내쳐진 동물은 그 상황을 벗어나기 위해 필사적으로 발버둥치고 있었다. 펭귄이었다. 젠투 펭귄. 곧이어 물속에서 짙은 색의 레오파드 물범이 날카로운 이빨로 다시 펭귄의 다리를 물어 반대편으로 내쳤다. 또 다시 사방으로 바닷물이 튀었다. 움직임이 느려진 펭귄은 더 이상 반항하지 않았다. 바로 앞에서 사람들이 지켜보는 가운데 레오파드 물범은 펭귄의 다리를 물고 휙하고 고개를 돌리자, 그 원심력에 펭귄의 피부껍질이 벗겨지고 붉은 살과 내장이 드러났다. 물범은 머리를 물 위로 낸 채 펭귄의 살점을 뜯었다. 먹

다 남긴 살점을 얻어먹기 위해 남극 가마우지와 남극 제비 여러 마리가 날개를 파닥거리며 부지런히 그 주변을 맴돌았다.

피부가 벗겨지고 살점이 갈기갈기 뜯겨진 펭귄의 사체가 파도 너울에 따라 물 위에서 출렁거렸다. 척추 뼈가 훤히 드러난 붉은 고깃덩이가 내장을 드러낸 채 맑고 차가운 바닷물 위를 떠다녔다. 귀엽던 펭귄의 작고 노란 발바닥 두 개가 가지런히 달려있었다.

처절하리만치 일방적으로 사냥당하고, 죽은 후에도 도둑 갈매기에게까지 살점을 뜯기는 펭귄의 모습에 배에 탄 사람들은 마음 아파했다. 하지만 이곳에서 벌어지는 자연의 법칙에 우리는 관여할 수 없었다. 빙하 속 플랑크톤부터 남극의 최상위 포식자 레오파드 물범에 이르는 생태계의 먹이사슬에 방문객이 끼어들 수는 없는 노릇이었다.

50미터 가량 떨어진 데인저 섬에 보트를 대고, 우린 잠시 섬에 머물렀다.

반시간 정도 후, 그 근처에서 또 다른 소리가 나서 뒤돌아보았을 땐, 같은 자리에서 또 다른 펭귄 한 마리가 사냥 당하고 있었다.

| 남극에서 할 수 있는 가장 미친 짓

늦은 오후가 되면 우리는 야외활동을 마치고 배로 돌아왔다.

남극대륙에서 시간을 보내거나 보트를 타고 주변을 돌며 새로운 세상을 관찰하다가, 저녁이 가까워질 때는 배로 돌아와야 했다. 배에 돌아와서는 온수로 샤워하며 얼어붙은 몸을 녹였고, 저녁 식사 시간을 기다렸다.

며칠 전이었다. 저녁 식사 한 시간 전.

승객과 탐험 팀 모두 모여 일과를 정리하고, 내일의 계획을 이야기하는 리캡(Recap) 미팅 시간을 가졌다. 탐험 팀 리더와 선장은 매일매일 배 근처 수백 킬로미터까지의 파도, 풍향, 날씨를 살폈고, 이에 따라 우리의 배가 다음날 갈 곳을 결정했다. 그리고 리캡 미팅 시간에 하루 이틀 뒤에 항해할 곳을 사람들 앞에서 발표했다. 미팅이 끝날 무렵 다니엘이 마이크를 잡더니 며칠 후에 폴라플런지(Polar Plunge)를 할 것이라는 소식도 전했다.

그 날, 같은 테이블에서 저녁을 먹던 다니엘이 내게 물었다.

"폴라플런지 할 거야?"

다니엘을 쳐다보았다. 그랬다. 나에게 묻고 있었다.

"… 그… 저… 플런지라면… 번지점프 하듯 어디론가 점프하여 뛰어드는 건데, 폴라플런지라면… (남극) 바다에 몸을 던지겠느냐는 거야?"

"바로 그거지."

"그런데… 좀 위험하진 않을까?"

호기심이 생기긴 했지만, 무엇인지 모를 두려움에 선뜻 결정할 수도 없었다.

다니엘은 웃으며 대답했다.

"보통 남극 바닷물에 몸을 던지면, 물은 공기보다 체온을 더 빠르게 빼앗아가서 극지방 물에서 2-3분 정도가 지나면 그때부터는 사람이 위험해질 수 있어. 그러니 네가 뛰어들면, 내가… 재빨리 꺼내줄게."

평소 진지하던 다니엘의 눈에 무언가 알 수 없는 웃음기가 있었다. 아마도 선뜻 결정하지 못하고 망설이는 지금 나와 같은 사람들의 반응을 보며 즐기고 있는 것 같았다. 내일까지 생각해 보겠다고 대답하고 뒤돌아섰는데, 왜일까…. 설레어온다. 두근두근 두근….

| 차가운 바다에 몸을 던져라

며칠 뒤, 저녁 무렵 선내 스피커가 울리기 시작했다.

"아… 음… 오늘 저녁에 폴라플런지를 할 예정인데… 하고 싶은 사람들은… 이따가 방송을 하면… 그때 준비를 하고 있다가… 그냥 지금 갱웨이로 내려와!!!! 얼른!! 지금 당장!!!!"

괴상한 스타일의 유머였다.

며칠간 남극 바다에 몸을 던질지 말지를 고민했던 시간이 무색하게도, 방송이 끝나자마자 나는 무언가에 홀린 듯 가방 속에 있던 서핑용 반바지를 그대로 꺼내 입었다. 언젠가 따뜻한 나라의 해변에 가면 입으려고 했던 옷인데, 남극에서 입을 줄이야.

사람들은 두 갈래로 흩어졌다.

'남극에서 할 수 있는 가장 미친 짓은 무엇인가'라는 설문조사를 하면 1위에 뽑힐 것만 같은 이 짓을 하려는 사람은 지하 갱웨이 출입구로! 같은 배에 타고 있는 정신 나간 사람이 물속에 뛰어드는 모습을 확인하려는 사람은 배의 옥상으로!

샤워가운을 두르고 갱웨이로 내려가니 약 20-30명 정도의 사람들이 줄을 서있었다.

잠시 후, 갱웨이의 출입구가 열렸다.

문이 열리자 매서운 남극의 바람이 문 안으로 들이쳤다. 수영 반바지 위에 두른 샤워가운 사이로 차디찬 바람이 새어 들어와 살결에 스쳤다. 살짝 내다보이는 문 밖의 바다에는 눈발이 날리고 있었고, 바다 중간 중간에는 빙하들이 떠다니고 있었다.

잠시 후 남극해를 마주한 첫 번째 도전자가 출구 계단으로 천천히 다가갔다. 그리고 그 옆엔 다니엘이 서 있었다. 다니엘은 첫 번째 도전자의 허리춤에 끈을 묶어 고정시켰다. 사람들을 차가운 물속에서 얼른 꺼내주기 위한 장치인 듯했다.

그는 머뭇거리다… 또 잠시 머뭇머뭇 하더니 이내 깊은 바다로 점프하여 들어갔다.

예쁜 수영복을 입고 온 사람,

한참을 머뭇거리다 결국 뛰어내리지 못한 사람,

아무렇지 않은 듯 우아하게 다이빙하는 사람,

큰 대자로 뻗어 배치기로 바다에 뛰어든 아저씨,

그리고 몇 사람이 더 지난 후에 내 차례가 왔다.

바닷물에 들어가지 않아도 이미 맨살로 막아내야 하는 남극 바람에 몸은 꽁꽁 얼어붙는 것만 같았다. 약속대로 그곳에는 다니엘이 서있었다. 강철로 되어있는 출입문 아래 계단으로 천천히 내려갔다. 다니엘은 내 허리춤에 밧줄을 묶으며, 전혀 기억나지 않는 무엇인가 주의사항을 말해 주었다. 계단 끝에 서서 빙하가 떠다니는 바다를 바라보자 모든 생각이 사라지고 그저 멍한 상태가 되었다. 지우개로 지운 듯 내용은 기억이 안 나지만, 그가 내게 무엇인가 이야기를 해주었다는 것은 기억한다.

계단의 끝은 바다 한가운데였고, 파도 너울이 치고 있었다. 큰 빙하가 녹고 쪼개지면서 떨어져 나온 작은 빙하조각들이 곳곳에 떠다녔다. 바닷물에 젖어있는 강철 계단 표면에 발을 디딜 때마다, 살얼음 때문인지 마치 스티커 위를 걷는 것처럼 발바닥이 철판에 쩌억하고 달라붙는 느낌이 들었다. 다니엘은 여러 번 주의사항을 이야기했고, 나는 철판 바닥에 내 발바닥이 얼어붙지 않도록 오른발 왼발을 교차해가며 제자리걸음을 하듯 움직였다.

한 번, 두 번…. 세 번…. 네 번…. 망설일 때, 단호한 다니엘의 불호령 같은 목소리가 들렸다.

"뛰어!"

'모르겠다. 이렇게 많은 사람들이 지켜보고 있는데, 누군가는 구해주겠지.'

나는 몸을 던졌다.

"첨벙!"

"……"

"……"

바다 속은 생각했던 것보다 훨씬 더 차가웠지만, 물속에 가라앉았던 내 몸이 떠오를 때 그 기분은 말로 표현할 수가 없었다.

곧이어 내 몸에 묶인 로프가 당겨졌다. 그리고 바닷물 위로 나왔다. 물속에서 배 위로 오르는 기둥을 잡고 올라, 배의 계단에 첫발을 디딜 때 피부에 있는 물기가 살얼음으로 변하는 느낌이 들었다. 그리고 피부에 붙어있던 물기가 살얼음으로 변하는 것처럼 몸을 움직일 때마다 피부 표면에서 사각거리는 느낌이 나는 듯했다.

배 위로 올라오자 사람들은 내게 소리를 지르며 하이파이브를 건넸다. 온몸의 아드레날린이 차가운 바람과 뒤섞여 멍하고 정신없이 사람들과 축하를 나누고 있을 때, 누군가 뒤에서 나를 부드럽게 톡톡 쳤다. 돌아보니 보드카 한 잔이 있었다. 나는 포장마차에서 소주잔 비우듯, 단숨에 보드카 한 잔을 털어내었다.

"화아~"

살갗에 남아있는 물기가 살얼음으로 얼어올 때 가슴속에선 독한 불이 타올랐다. 왠지 그 순간엔 독한 보드카 열 잔도 연거푸 마실 것만 같았다.

| 눈뜨면 날마다 새로운 곳에

"카메라 배터리는 언제나 넉넉하게, 그리고 여분의 메모리 카드도 항상 넉넉하게."

사방을 아무리 둘러봐도 보이는 사람이라고는 우리밖에 없는 눈 덮인 대륙을 걷고, 야생동물들과 시간을 보내다 보면 하루가 정말 짧게 느껴졌다. 그리고 조디악을 타고 크루즈 배로 돌아와 뜨거운 물에 샤워를 하고, 저녁을 먹었다. 저녁 식사 후에는 강의실에서 남극 탐험에 관련된 강의를 듣거나, 사람들과 맥주나 와인을 마셨다.

어둠이 찾아오면 우리가 탄 배는 서서히 움직이기 시작했다.

크루즈의 익스페디션 리더와 선장은 기상을 살피며 밤사이 항로를 결정했고, 사람들이 잠을 자는 사이에 배를 매일 새로운 장소로 이동시켰

다. 아침에 침대에서 눈을 떠 창밖을 보면 밤새 달린 배는 아침마다 새로운 장소에 도착해 있었다. 어떤 날은 하얀 빙하들 위로 파란 하늘이 보였고, 어떤 날은 안개가 자욱한 대륙이 보이기도 했으며, 또 어떤 날은 펭귄과 물개들이 우리의 배 주변을 맴돌며 물 위로 점프하고 있을 때도 있었다. 어제와 다른 산과 바다, 그리고 때 묻지 않은 새로운 경치에 매일 아침 커튼을 젖히는 일이 즐거웠다. 살면서 본 적 없는 독특한 풍경 속에 있으면서, 다음날이 올 때마다 새로운 환경으로 변하는 날들이었다.

하루 중 가장 설레는 순간은 아침마다 잠에서 깨어 방 안에 커튼을 젖히는 일이었다.

그리고 창밖에는 매일 새로운 남극이 펼쳐졌다.

오늘은 또 어떤 곳에 와있을까.

|지구 최대의 사막, 남극

아프리카나 중동, 중국 내륙 지역엔 비가
적게 내리는 지역이 있다. 그 중에서 1년
강수량이 250mm 이하인 곳을 우리는 '사
막'으로 분류한다.

　그러면 세계에서 가장 큰 사막은 어디
일까.

　첫 번째로 떠오르는 곳은 아프리카의 거
대한 사하라 사막이다.

　하지만 사하라 사막보다 크기가 거의 두
배에 달하는 지구 최대의 사막이 있다.

　그렇다. 예상했겠지만 남극이다.

　언뜻 생각하면 99%의 대륙이 눈과 얼음으로 덮여있는 남극이 건조하
다니 대체 이게 무슨 이야기인가 싶을 수도 있다. 하지만 남극은 위에서
언급한 '사막'의 조건에 부합하는 지역이다. 막대한 양의 얼음과 눈이 있
음에도 남극이 건조한 이유는 바로 온도가 낮기 때문이다. 남극의 낮은
온도로 인해 '물'이 얼음과 눈의 형태로만 존재할 뿐, 증발하여 수증기가
되지 않는다. 수증기가 없으니 건조할 수밖에 없다.

　그리하여 남극 대부분의 지역은 사막이다. 남극대륙 중에서 Dry

Valleys라는 곳은 거의 2백만 년 동안 비가 내리지 않았으며, 남극점의 습도는 종종 0.03%까지도 내려간다.

혹시 이 책을 읽은 독자분 중에 남극에 갈 일이 있으시다면, 내복과 외투 말고도 건조한 날씨에 대비하기 위한 것들을 꼭 챙겨갈 것을 권유드린다. 그러지 않으면 나를 포함하여 남극 탐험에 참여했던 많은 사람들처럼 도착 후 며칠이 지나면 바로 목이 갈라지고, 음식조차 삼키기 어려울 통증이 시작될지도 모른다.

| 직경 150km의 거대한 빙산, A-68

이른 아침.

남극반도의 웨들해(Weddell Sea) 주변을 지나고 있을 때, 리더 스티븐의 목소리가 들렸다.

"지금 우리의 오른편에 보이는 게 바로 A-68입니다."

A-68(Iceberg A-68)은 웨들해 주변의 라슨(Larsen) 빙붕에서 2017년에 떨어져 나온 빙산으로, 역사상 두 번째로 큰 빙산이다.

> 남극 빙붕서 떨어져 나온 1조 '괴물' 빙산 A-68 다시 움직여
>
> - 2018.09.06. SBS
>
> 남극서 분리된 초거대 빙산(A-68)의 재앙… '생태계 혼란 우려'
>
> - 2020.11.07. 서울신문

직경이 150km이니 빙산 하나의 크기가 서울에서 대전까지 가는 거리와 비슷하다. 면적은 서울의 10배, 제주도의 3배이고, 무게는 약 1조 톤으로 알려져 있다. 얼음 한 덩이의 길이가 무려 서울에서 대전까지의 거리인 셈이다.

전체를 보려면 멀리 떨어져야 하고 가까이서 일부를 보면 결코 그 끝을 볼 수가 없다.

어쩌면 나는 눈앞에 잠실야구장만한 빙하가 있었다 해도 이미 충분히 큰 그 규모에 압도되어 벅차오르는 감정을 느꼈을 것이다. 이렇게 비현실적인 크기는 내가 감동할 수 있는 영역을 넘어선 것 같았다. 그 거대

함은 바라보는 사람의 머리를 일순간 백지장으로 만들어버리고, 대자연 앞에 선 내가 얼마나 작은 존재인지 되돌아보게 한다. 그리고 인간이 지구상의 다른 생물보다 우월적 존재이거나 특별한 지위를 가질 거라는 생각은 그저 우리의 오만한 망상이며, 거대한 자연 앞에 인간이 얼마나 초라한 존재인지를 생각하게 해준다.

43년 전(1977년) 인류는 우주를 향해 탐사선을 쏘아 올렸다.

이 탐사선은 오늘까지도 약 시속 6만 킬로미터(마하 50)의 어마어마한 속도로 지구로부터 멀어져 가며 우리에게 데이터를 보내오고 있다. 오늘날 일반인들이 타는 비행기의 속도보다도 70-80배나 빠른 속도로 날아가는 이 보이저 1호는 1990년에 명왕성 근처에 다다랐을 때 지구 방향을 바라보며 사진을 찍어 우리에게 전송했다. (보이저 호는 42년이 지난 2019년 11월에 드디어 우리가 사는 태양계를 벗어났고, 오늘날까지도 계속 우주를 향해 비행하고 있다.)

인류의 누구도 가보지 못한 곳에서 찍은 지구의 모습은 어떠했을까.

사진에는 지구가 거의 보이지 않았고, 그 대신 사진의 가운데에 작고 흐린 점이 하나 있을 뿐이었다. 사진 속 지구는 거대한 어둠 속에 있는 그저 외로운 하나의 점일 뿐이었다. 이것이 바로 유명한 '창백한 푸른 점(Pale Blue Dot-칼 세이건)'이라고 불리는 사진이다.

관측 이래 역사상 두 번째로 거대하다는 눈앞의 빙산(A-68)도 거대한 지구의 작은 일부일 뿐이고, 우리가 살아온 모든 인류의 역사와 문화를 가진 고향 지구도 우리가 살고 있는 은하계에서는 그저 티끌과도 같은 점일 뿐이다. 하물며 우리는 우주의 끝을 아직 알지 못한다.

상처받고 아파하는 일,

우리가 알고 있는 모든 것들 역시 티끌 속의 일들이다.

이겨내기 어려운 아픔과 극복할 수 없을 것 같은 마음의 상처도

거대한 공간과 끝없는 시간 속에서는

보이지 않는 점 위에서 벌어지는

찰나의 일들이다.

| 아문센과 스콧, 세기의 남극 경쟁

앞에서 이야기한 대로, 우리의 남극 코스는 전설적인 탐험가 섀클턴의 경로를 따라 항해하는 것을 목표로 시작했다. 많은 독자분들 중에는 아문센에 대해서는 익숙하지만, 탐험가 섀클턴은 생소한 분도 있을 것이다. 그래서 섀클턴이라는 탐험가에 대해 잠시 이야기를 해보고자 한다. 섀클턴 한 사람을 소개하는 것보다는 '남극의 세 남자'에 대한 이야기를 적는 것이 훨씬 이해하는 데 도움이 될 것이다.

지금부터 110년 전 인류 최초로 남극점을 정복하려 했던 세 사람의 이야기이다.

1910년 6월 15일.

영국에서는 사람들의 열렬한 환호를 받으며 로버트 스콧(Robert Scott)이 테라 노바(Terra Nova) 호를 타고 남극으로 떠났다. 이미 9년 전 스콧은 남극에 머무르며 지형 탐사를 했고, 불과 3년 전에는 영국의 탐험가 섀클턴(Shackleton)이 남극점에서 불과 160km 떨어진 곳까지 정복

한 터였다. 사람들은 이번에는 스콧이 세계 최초로 남극점을 정복할 것이라 믿었다.

그로부터 두 달 후, 8월 9일.

또 한 척의 배가 노르웨이에서 조용하게 닻을 올렸다. 아문센(Amundsen) 이었다. 아문센은 자신이 남극 탐험을 목표로 하고 있다는 사실을 사람들에게 알리지 않았다. 스콧이나 영국 측에서 이 사실을 알게 되면, 영국과 경쟁하기를 꺼려하는 노르웨이 정부로부터의 후원이 중단될지도 모르기 때문이었다. 그는 출항하고 두 달이 지나서야 자신들의 목표가 남극점 도달임을 세상에 알렸다.

스콧과 아문센. 이렇게 두 사람의 목숨을 건 남극점 레이스가 시작되었다.

1911년 1월 4일. 스콧 일행은 남극대륙(로즈 섬)에 상륙했다. 열흘 뒤 아문센도 남극 주변 대륙에 도착했다. 12월부터 3월까지가 남반구의 여름이었기에 두 팀은 남극점 정복을 위한 준비 작업에 들어갔다. 영국 탐험대는 남위 79도 지점에, 노르웨이 탐험대는 남위 80, 81, 82도 세 곳에 식량 보급소를 설치하였다.

여름이 끝나갔다. 4월 11일 저녁에 해가 저물었다. 그 후로 네 달간 해가 떠오르지 않았다. '극야' 현상이었다. 8월 24일 다시 해가 떠오를 때까지 두 탐험대는 각자의 베이스캠프에서 겨울을 보내며, 날이 풀려 남극점을 향해 출발할 날을 기다렸다.

10월 20일, 아문센은 대원 5명과 함께 남극점을 향해 출발했고, 사흘

뒤 남위 80도 보급소에 도착했다. 11월 1일, 스콧 탐험대도 베이스캠프를 나섰다. 아문센은 하루에 30km 이상을 전진했지만, 스콧은 크고 작은 문제들로 하루에 10-15km정도밖에 나아가지 못했다.

  11월 7일, 아문센은 자신들이 설치한 남위 82도의 최후 보급소에 도착했다. 그리고 그곳에서 100일치 식량을 가지고 남극점을 향해 출발했다. 12월 8일, 아문센은 과거 섀클턴이 도착했던 남극점에서 160km 떨어진 지역에 도달했고, 일주일 후 12월 14일 오후 3시 드디어 남위 90도 남극점에 도착했다. 일행 중 아문센이 가장 앞서서 걸었고, 말 그대로 아문센은 인류 최초로 남극점에 도달한 사람이 되었다. 그들은 4일간 남극점에 머무르며 여러 가지 측정을 했고, 혹시 스콧 일행을 위해 그곳에

식료품과 물자도 일부 남겨놓았다. 아문센 탐험대는 오는 길에 설치한 일정한 간격의 깃발을 따라 그대로 되돌아가기 시작했다.

스콧 탐험대도 남극점을 향해갔다. 하지만 아문센에 비해 현저하게 느렸다. 1월 3일, 스콧은 마지막으로 팀원을 반으로 나눠 남극점으로 갈 인원 네 명을 선발했다. 하지만 남극점에 거의 도달할 무렵, 스콧 일행은 먼저 다녀간 아문센 탐험대의 발자국들을 발견하고 충격에 휩싸였다. 다음날 남극점에 도달했을 때 그곳에는 노르웨이 국기가 펄럭이고 있었고, 아문센이 쳐놓은 텐트와 식량, 그리고 편지가 있었다.

> 친애하는 스콧 대령님,
> 당신이 우리 다음으로 이곳에 도착할 첫 번째 분이 되실 테니, 이 편지
> 를 하콘 7세 왕에게 전달해주시기를 부탁드립니다. 그리고 이 텐트 안
> 에 사용하실 물건이 있으시다면, 편하게 사용하십시오. 무사 귀환하시
> 기를 바랍니다.
>
> – 로알 아문센

1월 26일 아문센은 자신들이 출발했던 기지로 전원 무사히 돌아왔다. 출발한 지 98일 만이었다.

스콧은 남극점에 도착하기 전 이미 식량과 물자가 넉넉지 않음을 알고 있었다. 그래서 남극점 도착 후 귀환을 서둘렀다. 하지만 돌아오는 도중 동료 에번스가 쓰러졌고, 다리의 상처가 동상으로 번진 오츠는 자신 때문에 동료들의 속도가 늦어진다고 판단하여 "잠시 텐트 밖에 나갔다 오겠다."고 말하고 눈보라 속으로 걸어 나갔다. 스콧을 제외한 나머지 두

명도 머지않아 죽음을 맞이했다. 스콧은 최후까지 버텼지만 결국 마지막 일기를 쓰고 추위 속에서 죽어갔다. 자신의 보급소에서 고작 18km 떨어진 곳이었다.

아문센 탐험대의 남극 정복은 전 세계에 대서특필되었다. 아문센은 슈퍼스타가 되었지만, 시간이 지나도 스콧 탐험대는 돌아오지 않았다. 그 경쟁의 끝은 성공의 영광과 실패의 죽음이었다.

이보다 2년 전, 스콧과 똑같은 실패를 겪은 탐험가가 있었다. 당시 그 누구도 가보지 못한 남극점에서 불과 160km 떨어진 곳까지 도달했고, 그들 역시 스콧처럼 식량 부족에 시달리고 있었다. 하지만 그들의 리더는 다른 결정을 내렸다. 그대로 남극점을 향해 간다면 도달할 수는 있었지만, 돌아오는 길에 식량 부족으로 무사히 올 수 없다고 판단했다. 당시 온 세상의 눈이 쏠려 있던 탐험가로서 어려운 결정이었지만 그는 깨끗이 포기했다. 비록 추위와 배고픔에 고생을 했지만, 극지방 탐험으로는 매우 드물게 단 한 명의 희생자도 없이 무사히 귀환했다.

바로 '섀클턴 탐험대'의 이야기이다. 하지만, 탐험가들에게 영웅으로 추앙받는 '섀클턴'이 정말로 '위대한 탐험가'로 불리게 된 탐험은 따로 있었다.

| 위대한 실패자, 섀클턴

아문센의 남극점 도달 후 2년 뒤, 섀클턴은 신문사에 구인 광고를 냈다.

사람을 찾습니다

위험한 여정. 쥐꼬리 같은 월급.

살을 에는 추위에, 몇 개월간 어둠 속에서 지속되는 위험에 견뎌야 함.

생사 귀환 보장 못함. 그러나 성공할 경우 명예와 영광이 있음.

– 벌링턴가 4번지, 어니스트 섀클턴

너무 위험해서 다시 돌아올 수 있을지도 모르고, 보수는 적은 일. 사람들은 섀클턴이 탐험에 필요한 인원을 모을 수 없을 거라 생각했다. 하지만 이 광고는 사람들의 마음을 흔들었다. 그리고 섀클턴은 5천 명의 지원자 중 27명을 선별했다.

1914년 8월. 섀클턴 탐험대는 인듀어런스(Endurance) 호를 타고 남극 횡단을 목표로 출발했다. 그리고 출항 40여일 후 남극의 웨들해 부근에 도착했다. 하지만, 며칠 후 그들은 자신들의 배를 둘러싼 바다가 얼어붙고 있음을 깨달았다. 계절상으로 분명 여름이었지만, 남극의 바다는 얼어붙고 있었다. 배는 얼음에 갇혀 꼼짝달싹할 수 없었고, 이들은 주변의 펭귄과 바다표범을 사냥하며 여름과 겨울을 지냈다. 다시 봄이 왔다. 날이 풀려 얼음이 녹으면, 다시 항해를 시작할 수 있으리라는 기대에 부풀었다. 하지만 지옥은 그때부터 시작되었다. 거대한 빙하들이 녹으며 배 주변의 얼음을 밀쳐 배를 둘러싼 얼음들이 배를 산산조각 내버린 것이다.

섀클턴은 배를 포기하고 탈출하기로 결심했다. 얼어붙은 바다를 걸어 육지로 가려했지만, 보트를 끌고 커다란 빙하가 산을 이룬 바다 위를 가는 것은 불가능했다. 결국 그들은 근처에 떠다니는 빙하 위에서 생활을 하며 근처 폴렛 섬으로 가기로 했다. 하지만 여름이 오자 그들이 생활하던 빙하가 녹으며 쪼개지기 시작했고, 파도에 휩쓸려 원래 가고자 했던 섬으로부터 100km나 멀어져 버렸다.

계획을 바꾸었다. 빙하가 갈라지는 틈을 타 조각배 3척을 바다에 띄웠다. 살을 에는 추위 속에서 열흘간 노를 저었고, 세상을 떠나온 지 497일 만에 육지에 도달했다. 무인도, 엘리펀트(Elephant) 섬이었다.

며칠 뒤. 섀클턴은 대원에게 자신의 계획을 말했다. 조각배를 타고 노를 저어 1,300km를 건너 사우스조지아의 포경기지에 가서 구조 요청을 하겠다는 것이었다. 불가능한 일이었다. 조각배는 동력원도 없었고, 현대적인 항법 장치도 없었으며, 지구 남반구는 북반구와 달리 방향 길잡이가 될 만한 밝은 별이 드물어 스스로 위도와 경도를 계산한다 해도 맞는지 확인할 방법이 없었다. 가는 도중에 들를 수 있는 섬도 없었다. 그리고 결정적으로 10-20m의 태풍급 파도가 몰아치는 드레이크 해협을 뚫고 가야 했다.

하지만, 섀클턴은 5명의 지원자와 함께 배를 띄웠다. 육분의를 이용해 위도와 경도를 계산할 수 있는 선장 워슬리, 탐험대에서 가장 체력이 강한 항해사 톰 크린, 그리고 도중에 배가 고장 날 경우 수리를 할 수 있는 목수 맥니쉬처럼 항해에 꼭 필요한 부하들과 함께였다.

그들은 불가능하다는 것을 알고 있었지만, 그곳에 남아있다 해도 구조될 가능성은 없었기 때문에 기다리며 죽을 바엔 운명을 개척하다가 죽는 편을 선택했다. 섀클턴은 "한 달 후에도 내가 돌아오지 않으면 모두 이곳을 탈출하라."는 마지막 명령을 내리고 섬을 떠났다. 집채만 한 파도가 몰아쳐 배가 흔들릴 때마다 배의 중심을 잡으려고 무거운 돌을 배

안에서 옮기느라 손은 피투성이가 되었다.

　기적이 일어났다. 그들이 사우스조지아에 도착했다. 하지만 그곳은 섬의 반대편이었다. 원래는 섬의 오른편에 있는 스트롬니스(Stromness) 만에 가려 했지만, 반대편인 킹 하콘(King Haakon) 만에 도착했던 것이다. 육로로 섬을 가로질러 가는 수밖에 없었다. 지도상의 거리는 35km였지만, 남극권의 고산지대를 넘어야 했기에 실제는 이보다 훨씬 길었고, 역사상 누구도 성공한 적이 없는 경로였다. 무엇보다 그들은 남극권의 산을 오를 변변한 장비마저 없었다. 나사못을 박은 신발 세 개와 도끼 한 자루가 전부였고, 길은 빙하 지역이었다. 체력은 바닥났고, 몸은 약해지고 있었다. 타고 온 보트를 뒤집어 거처를 만들어 대원 세 명을 머무르게 한 후, 설산에 보름달이 눈을 비추던 밤 섀클턴과 워슬리, 크린은 빙하가 덮인 산길로 떠났다. 산길은 거칠었고, 깎아지른 봉우리와 절벽들은 결코 지나갈 수 없을 것 같았다. 밤을 새며 오른 빙하절벽은 엉뚱한 산이었고, 그렇게 헤매고 다시 오르다가 잠이 들었다.

"모두들 일어나! 30분이 지났다!"

섀클턴은 발로 차며 부하들을 깨웠다. 더 이상 자다가는 저체온증으로 생명이 위태로울 것 같아 자다가 이동하기를 반복했다. 하지만 그들은 결국, 도저히 더는 나아갈 수 없는 가파른 절벽에 도달했다. 섀클턴은 부하들에게 모든 것을 걸어야 하는 순간이 왔다고 말했다. 그리고는 "미끄럼을 타고 내려가자."고 말했다. 부하들은 아연실색했지만 섀클턴은 진지했다. 그리고 섀클턴이 덧붙였다.

"이 상태로… 여기서 더 버틸 수 있을 것 같아?"

그들은 모두 자신들이 한계에 왔음을 알고 있었다. 로프를 이용하여 서로를 꽁꽁 묶고, 세 사람은 서로를 꼭 안았다. 이 길의 끝은 살아남거나 죽는 것뿐이었다. 그리고 셋은 미친 듯이 구르기 시작했다. 시간이 지나 구르는 속도가 줄어들고, 눈더미 속에 온몸이 파묻힌 채로 멈추었다. 그들은 자리에 서서 한바탕 크게 웃었다. 세 사람은 불가능한 일에 도전하고 완전히 이루어 낸 사람들만이 나눌 수 있는 긍지를 느꼈다. 섀클턴 이후로 이 산을 두 번째로 넘은 사람은 30년이 더 지나서야 나왔다. 산악용 장비를 갖추고 철저하게 준비한 전문 산악인이었다.

섀클턴 일행은 포경기지에 도착한 다음날 아침, 배를 빌려 킹 하콘 만에 남겨둔 세 사람을 구출했다. 그 후 구조선을 타고 엘리펀트 섬으로 세 번이나 떠났지만, 폭풍우와 얼음으로 모두 실패했다.

섀클턴이 떠난 후 섬에 남은 대원들은 펭귄과 바다표범을 잡으며 살아갔다. 부대장 프랭크 와일드는 대원들에게 날씨가 좋은 날엔 "오늘은 대장이 우리를 구하러 올 것 같으니, 미리 짐을 싸 놔라."라고 명령했고, 실제로 8월말에는 섀클턴이 올 것이라 믿고 있었다. 그리고 8월 30일이 되어 식량이 4일치밖에 남아있지 않았을 때, 섬 앞바다에 구조선이 나타났다. 대원들은 모두 바닷가에 나왔다.

"모두들 무사한가(Are you all well)?"

멀리서 섀클턴이 소리쳤다.

"모두 무사합니다, 대장님(We are all well, sir)!"

인류 최초로 남극점을 정복한 아문센은 이 소식을 접하고 극한 환경에서 단 한 명의 희생자도 없이 모두 구출해 낸 섀클턴을 극찬했다. 영국의 지질학자 레이먼드 프리슬리는 아문센, 스콧 그리고 섀클턴에 대해 이렇게 이야기했다.

"스콧은 과학적 방법이 뛰어나고, 아문센은 속도와 효율성에 출중하다. 그러나 만약 재난이 들이닥쳐 모든 희망이 사라진다면, 섀클턴을 보내달라고 기도하라."

| 남극으로 떠난 배, 우주로 떠난 배

섀클턴 탐험대는 인듀어런스 호를 타고 생사를 장담할 수 없는 곳으로 떠났다. 그리고 그곳에서 생사를 넘나드는 역경을 겪게 되지만, 삶을 향한 불굴의 의지로 탐험대원들과 함께 살아 돌아왔다.

생사를 장담할 수 없고, 무사 귀환도 보장 못하는 미지의 세계로 떠나는 이야기. 주변 사람들의 희생이 요구되고, 얻을 수 있는 것은 그저 명예와 인정뿐인 현실.

그렇다.

영화 「인터스텔라」의 맥락과 통한다. 영화에서 주인공들이 우주로 타고 갔던 우주선의 이름 역시 '인듀어런스 호'이다. 「인터스텔라」의 크리스토퍼 놀란 감독이 공식적으로 밝힌 바는 없지만, 이 우주선의 이름은 어니스트 섀클턴의 남극 탐험선에서 이름을 따온 것으로 보인다. 그리고 남극에 가서 엄청난 고생을 하다가 결국에 간신히 살아온 모험선의 이름을 가져옴으로써 전반적인 영화의 내용을 암시하는 장치로 삼았던 것이다.

두 이야기 모두 삶에 대한 강렬한 인간의 희망과 함께한 동료들 간의 믿음을 주제로 하고 있다. 그 누구도 겪어보지 못한 어려움이 닥쳐도 답을 찾아낼 것이라는 믿음. 그리고 꼭 살아 돌아가겠다는 믿음!

100년 전 섀클턴과 남극으로 갔던 선원들도,
영화 속에서 인듀어런스 호를 타고 우주로 향했던 사람들도,
훗날 그들 앞에 펼쳐질 일들을 까맣게 모르고 있었듯이
섀클턴의 항로를 따라가는 우리 앞에 닥쳐올 일을… 그땐 우리도 짐작조차 못하고 있었다.

| 남극의 고양이 한 마리

항해술의 발달로 15세기부터 '대항해시대'가 시작되었고, 유럽인들은 아메리카 대륙과 아프리카를 거쳐 인도와 아시아로 가는 항로를 개척했다. 이 '신항로 개척'이 이뤄지고, 흔히 말하는 세계 일주도 가능해졌다. 신항로 개척 이후 세계 일주는 바닷길을 통해 범선을 타고 가는 탐험이었다.

적게는 수개월 또는 몇 년을 바다에서 생활해야 하는 이 시기의 범선 생활에서 '쥐'는 큰 골칫거리였다. 쥐들은 식량을 훔쳐 먹기도 했지만, 무엇보다 배의 로프를 갉아먹기도 했고, 심지어는 갑판이나 선창의 나무들을 갉아먹어 배를 파손하기도 했다. 그래서 범선마다 고양이를 태우고 다녔고, 고양이는 이런 쥐로부터 생기는 문제를 해결해주는 귀한 존재였다. 문제의 해결사이자 범선의 유일한 애완동물인 고양이는 이런 이유로 선원들의 사랑을 듬뿍 받았으며, 배의 마스코트와 같은 존재였다.

남극 횡단을 위해 길을 나섰던 섀클턴의 인듀어런스 호 역시 마찬가지였다.

당시에는 항해 시 배의 유지보수 차원에서 목수가 반드시 필요했었는데, 인듀어런스 호에 승선하게 된 목수 헨리 맥니시(Henry McNish)는 자신이 키우던 고양이를 데리고 왔다. 선원들은 고양이를 치피 여사(Mrs. Chippy, 하지만 사실 치피는 수컷이었음)라고 부르며 귀여워했다.

치피를 특히 아낀 사람은 퍼스 블랙보로우(Perce Blackborow)라는 젊은 주방 보조였다. 일거리를 찾고 있던 그는 인듀어런스 호가 남극으로 출발하기 전 아르헨티나의 수도 부에노스아이레스(Buenos Aires)에 머

무를 때 잠시 주방 보조로 일을 했고, 배가 출항할 때 선내의 옷장에 숨어 함께 출발하게 되었다. 밀항자였던 그는 출발 3일 후, 결국 선장에게 발각되었다. 앞으로의 배의 식량을 걱정한 섀클턴 선장은 그를 발견했을 때 매우 분노했지만, 곧 그를 주방에서 일하게 했다. 그리고 그는 금세 치피 여사의 가장 친한 친구가 되었다.

몇 개월 후 배는 얼어붙는 남극의 바다에 갇히게 되고, 시간이 흐르자 배를 둘러싼 얼음이 배를 산산조각 내버렸다. 배는 침몰하고 식량이 부족한 상황이 되었다. 선원들을 살리기 위해 고양이를 버려야 하는 상황에 이르렀다. 고양이가 고통스럽게 얼어 죽거나 굶어죽는 것을 지켜볼 수 없다고 생각한 섀클턴은 손수 (최대한 고통 없이 죽이기 위해) 고양이를 총으로 쏘아 죽였다.

그리고 앞에서 이야기한 것처럼, 남극의 얼음에 의해 배는 산산조각이 났고, 선원들은 배에 있던 구명보트를 들고 남극의 엘리펀트 섬으로 이동했다. 구명보트를 땅 위에 거꾸로 엎어놓고 아랫부분 땅을 파내어 공간을 마련한 뒤 그곳에서 펭귄을 잡아먹으며 지냈다. 시간이 지나면서 구조가 불가능하다는 것을 깨달은 섀클턴은 지원자와 조각배로 드레이크 해협을 건너 사우스조지아로 가는데, 중간에 배에 문제가 생기면 배를 수리해야 했기에 목수였던 헨리도 이에 포함되었다.

그리고 섀클턴은 기적적으로 엘리펀트 섬으로 돌아와 선원 전원을 구출했다.

이렇게 살아남은 헨리는 구조된 후에 뉴질랜드에 망명을 가서 15년 동안 어렵게 생활했다. 하지만 그는 죽는 순간까지 치피 여사를 쏴 죽인 섀클턴을 용서하지 않았다. 헨리의 묘는 비석도 없이 초라하게 남겨져 있었지만, 그가 구조된 지 30여년이 지난 후(1959) 뉴질랜드 남극협회 (New Zealand Antarctic Society)는 기금을 조성하여 헨리의 묘에 실물 크기의 치피 동상을 세워 그들이 재회할 수 있도록 도왔다.

현재 헨리와 치피는 뉴질랜드 웰링턴 근교의 카로리 묘지(Karori Cemetry)에 나란히 모셔져 있다.

| 신비로운 안개가 덮인 엘리펀트 섬

머리에 비니를 눌러썼다. 내복을 포함해서 아래는 세 겹의 바지를 입었고, 위에도 세 겹을 입고 그 위에 다시 고어텍스 재킷을 입었다. 그리

고 구명조끼와 방수부츠를 입고, 버프 스카프로 얼굴의 눈 아래까지 덮었다.

갱웨이 앞에는 바람이 불고 있었다. 배는 포인트 와일드가 보이는 약 1-2km 앞 바다에 닻을 내리고 멈추어 서있었다. 갱웨이 입구에서 멀리 엘리펀트 섬의 전경이 보였다.

머리 위의 하늘은 맑았지만, 멀리 보이는 엘리펀트 섬에는 안개인지 구름 같은 것이 섬 위를 덮고 있었다. 그리고 오후의 늦은 태양빛이 섬을 덮은 구름을 위에서 비추고 있었다. 낮은 바닷가에서 시작된 섬의 내륙은 지대가 점점 높아지며 산을 이루었고, 그렇게 이루어진 여러 산들이 보였다. 그 모습이 너무 특이하고, 몽환적이어서 갱웨이에 서서 잠시 넋을 잃고 바라보았다.

내 차례가 왔다. 파도가 매우 거칠었다. 갱웨이에서 조디악으로 내려가는 계단 앞에 섰다. 조디악에는 다니엘이 기다리고 있었다. 파고가 높아 갱웨이에서 바라보는 너울이 순간적으로 2-3미터 낮아졌다가, 다시 수 미터 위로 올라가곤 했다. 잠시 너울이 잠잠해져 갱웨이에서 고무보트로 탈 수 있을 기회를 기다렸다. 물살에 따라 다니엘이 타고 있던 조디악이 몇 초간 위로 올라갔다가 다시 몇 초간 1미터 정도 아래로 내려갔다. 자칫하면 꽤나 위험해질 수 있는 상태였다. 바람이 세서 파도가 높은 날에는 조디악 탑승이 위험하다고 하던 스티븐의 이야기가 비로소 실감되었다. 그리고 여차하면 아찔한 상황이 벌어질 수 있을 것 같았다.

잠시 후 파도가 잠잠해졌을 때, 다니엘이 어서 내려오라는 손짓을 했다. 성큼성큼 계단을 내려 손으로 그의 팔목을 잡고, 다니엘 역시 손으로 내 팔목을 잡았다. 거친 파도로 인해 배가 심하게 흔들릴 때는 배에 탄 사람과 배를 향해 타는 사람이 서로 잡아주는 방식이었다. 이렇게 잡는 방식을 'Seaman's grip' 또는 'Sailor's grip'이라고 불렀고, 악수하듯 손을 잡지 않고 서로의 손목을 잡음으로써 손을 잡는 것보다 미끄러지지 않고 서로를 견고하게 잡을 수 있었다. 무사히 조디악에 자리를 잡고 앉았지만, 파도가 거칠어서 다른 사람들도 조디악에 탈 때 신경을 써야 했기에 다른 사람들이 안전하게 타는 동안 잠시 기다렸다. 고무보트에 탑승한 인원이 모두 자리를 잡자 다니엘은 보트에 시동을 걸었다. 보트는 천천히 엘리펀트 섬 방향으로 움직였다.

| 한 달 후에도 내가 돌아오지 않는다면 모두 이곳을 탈출하라

섀클턴 탐험대가 표류했던 역사적인 장소들을 따라 탐험하는 우리의

배는 이곳 엘리펀트 섬에 도착했다. 이곳은 인듀어런스 호가 산산조각이 난 후 섀클턴 탐험대가 남극해 위를 떠다니는 빙하 위에서 생활하다가 거친 풍랑을 헤치고 도착했던 섬이다. 또한 이곳은 섀클턴이 부하 5명과 사우스조지아로 구조 요청을 하러 떠나고 난 후, 대원들이 남아서 생활하던 장소이기도 했다.

조디악은 천천히 엘리펀트 섬으로 접근했다. 오늘따라 파도가 너무 거친 것인지, 원래 이 근처가 그런 것인지는 알 수 없지만 보트를 바닷가에 상륙시킬 수 있는 상황은 아니었다. 항상 안전에 우선순위를 두는 다니엘답게 천천히 엘리펀트 섬 주변을 돌았다. 그곳에는 루이스 파르도(Luis Pardo) 선장의 흉상이 서있었다. 루이스 파르도는 1916년 8월 30일, 인듀어런스 호가 난파된 후 남극해를 떠돌다가 이곳에서 머물던 22명의 탐험 대원들을 구출하러 섀클턴과 함께 온 칠레의 대장이었다. "한 달 후에도 내가 돌아오지 않는다면 모두 이곳을 탈출하라."는 마지막 명령을 내리고 섀클턴은 작은 배를 끌고 사우스조지아로 떠났지만, 사실 그곳에서 선원들이 갈 수 있는 곳은 아무 데도 없었다.

이곳은 탐험가들에게 역사적인 장소였다. 하지만 역사적 감상만을 느끼기에는 포인트 와일드의 주변 경관은 너무도 신비했다. 저 멀리의 눈 덮인 산에 낮게 비추는 햇살은 태어나서 한 번도 보지 못했던 몽환적인 장면이었고, 거친 파도가 부서지는 바닷가에는 수많은 턱끈 펭귄 무리와 물개들이 나와 있었다. 턱끈 펭귄 무리들은 루이스 파르도 선장의 동상을 주변에서 지키고 서있는 듯 움직임 없이 가만히 있었다. 매섭도록 거친 파도만 바닷가에 흩어져있는 돌부리에 흐트러져 여기저기에 물보라를 만들었다. 섬의 옆쪽으로는 거대하고 눈부신 푸른 빙하 얼음이 산

에서부터 바다로 연결되어 흐르는 듯했다.

늦은 오후 하늘에 노랗고 주황빛이 물들어 갈 때, 우리는 다시 배로 돌아왔다.

| 사우스조지아가 하이라이트라고?

저녁 식사 시간에 식당에서 탐험 팀의 라일라(Lailah)를 만났다.

저녁 메뉴를 고르고 음식을 기다리는 사이에, 라일라가 합석을 해도 되겠느냐고 물어보았다. 저녁을 먹으며 그녀와 이야기를 나누었다. 싱가포르 출신인 그녀와 그곳에서 10여년을 살았던 우리의 화제는 자연스레 싱가포르, 그 중에서도 특히 싱가포르의 음식 이야기로 바뀌었다.

그녀는 미국에서 (싱가포르보다) 엄청 비싼 가격을 내고 치킨라이스(Chicken Rice, 닭육수로 삶은 밥 위에 얇게 자른 닭고기를 올려주는 음식)를 먹었던 이야기를 해줬고, 나는 커리 치킨(Curry Chicken)과 싱가포르의 로컬 커피(원두를 볶은 후 갈아낸 커피와 물을 넣고 같이 끓인 후 천으로 커피 가루를 걸러낸 커피)가 그립다고 했다.

우리의 배는 사우스조지아 방향으로 향하고 있었다. 사우스조지아까지 앞으로 이틀간 배 위에서만 생활을 해야 했다.

"남극에 와서 지금껏 놀라운 경험을 한 것 같아. 펭귄이나 바다표범 같은 자연 동물들과 그렇게 가까이서 교류를 하고 관찰할 줄은 몰랐는데, 정말 대단했어. 사우스조지아에 가도 이제는 많이 놀랄 것 같지 않아."

내가 이야기를 마치자, 라일라는 싱가포리언 특유의 가볍고 익살스러

운 표정을 지으며 살짝 고개를 뒤로 젖히더니 나에게 말했다.

"넌 아마도 사우스조지아에 가면, 너무 놀라 턱이 빠지도록 소리를 지르게 될 거야. 사우스조지아가 하이라이트라고!!!"

남극 탐험을 벌써 수십 번째 다녀온 라일라는 확신에 찬 듯 이야기했다.

식사 후에 그녀에게 식사를 마치고나면 '꼬피 오 씨유따이(위의 싱가포르 로컬 커피에 설탕을 약간만 넣은 것)'가 그립다고 하자, 그녀는 깔깔거리며 자기도 그렇다며 한참을 같이 웃었다.

웃고 이야기하면서도 문득문득 사우스조지아는 대체 어떤 곳인지 궁금했다. 남극 크루즈에 참가하기 전부터 꼭 가보고 싶었던 곳이었다. 20년 넘게 사진 찍는 것을 취미 삼으며, 다른 작가들의 작품을 감상할 때는 항상 사진을 찍은 빛의 각도와 위치를 눈여겨보는 습관이 있었다. 그리고 내셔널지오그래픽과 같은 유명 사진작가들의 동물(특히 펭귄) 사진 중에서 위치가 '사우스조지아 섬'으로 표시된 것이 많았었다.

　이틀 후면 알게 되겠지. 오랜만에 느껴보는 감정이었다. 무엇인가를 설레며 기다리는 것.

| 악명 높은 드레이크 해협, 뱃멀미로 힘들어하는 사람들

엘리펀트 섬에서 사우스조지아로 가는 길 내내 우리의 배는 끊임없이 좌우로 흔들렸다. 처음 우수아이아를 떠나 남극으로 갈 때 역시 심한 파도를 겪어보았지만, 드레이크 해협은 여전히 익숙해지지는 않았다. 섀클턴은 이런 곳을 보름 동안 동력도 없는 조각배로 건넜다니.

식사 중에 프랑스에서 온 커플 에릭과 싸라를 만났다. 그들 역시 우리처럼 세계여행을 하는 중이었다. 그들도 남미 대륙을 위에서 아래로 여행하며, 아메리카 대륙의 최남단에 이르렀을 때 남극으로 향하는 배를 탔다고 했다.

싸라는 여러 가지 정보에 매우 밝은 친구였다. 처음엔 싸라가 가장 최근에 여행했던 장소이기 때문인지 아르헨티나의 여행 팁을 꽤나 상세히 알고 있다고 생각했었는데, 몇 년 전 여행했던 한국에서 먹었던 한국말로 된 음식 이름들까지도 정확히 기억하는 걸 보고 매우 세심한 것까지 기억하는 그녀의 기억력에 놀랐다. 심지어는 '고려', '조선'과 같은 이름까지 기억하며, 한국 박물관에서 본 것들을 이야기하기도 했다.

싸라와 이야기를 하는 동안 옆에 있던 그녀의 남자친구 에릭은 그다지 말이 없었다. 에릭은 싸라와 우리가 이야기하는 도중 30분 이상 이야기가 없어서, 원래 조용하고 성격인가 보다 생각할 즈음 갑자기 에릭이 말을 꺼냈다.

"내가 지금 너무 몸이 안 좋아서⋯. 실례 좀 할게."

그리고 그는 재빨리 자리를 떴다. 하얗게 질린 그의 표정은 금방이라도 속을 게워낼 것만 같았다.

아, 그렇지. 우리는 드레이크 해협을 지나고 있었다. 내가 워낙 뱃멀미를 안 하는 체질이라 상대방의 고통을 파악하지 못했다. 처음 만난 자리라 그냥 원래 피부색이 하얀 편이라 여겼었는데, 에릭은 얼굴이 창백하고 힘든 상황에서 우리가 이야기하는 것을 방해하지 않으려고 참고 있었던 것 같았다. 갑자기 에릭에게 미안했다. 속을 비워내고 쉬어도 계속 힘들어하던 에릭은 시간이 지나 선내에 있는 의사와 상담 후 링거를 꽂고 나서야 괜찮아졌다고 다음날 이야기해주었다.

배가 드레이크 해협을 지날 때는, 사람들이 지나가는 복도의 1-2미터마다 응급처치용 비닐 봉투가 매달려있었다. 하지만 어디까지나 응급용으로 사용할 뿐, 이것이 사람들의 컨디션을 회복하는 데 도움을 주는 것은 아니었다. 배에 타기 전에 가져온 멀미약을 먹는 사람도 있었고, 에릭처럼 응급실에서 링거를 꽂는 승객들도 있었다. 겉으로 표시내지는 않았지만, 배 안의 많은 사람들이 뱃멀미와 그로 인한 체력저하로 힘들어하고 있었다.

| 남극 크루즈에서의 하루
남극 여행을 하며 겪었던 일들을 바탕으로 적은 가상의 하루 일과

아침 7시.
선내 객실의 스피커에서 조용한 목소리가 흘러나왔다.
익스페디션 팀 리더 스티븐이었다.
"굿모닝 에브리원, 굿모닝. 오늘은 3월 4일, 아침 7시 5분입니다. 우리 배는 어젯밤 웨들해 지역을 통과하여 북으로 60km 이동을 하였고, 지금은 폴렛 섬 앞에 와있습니다. 지금 밖의 기온은 영하 4도이며, 날씨는 맑고 파도는 잔잔하며 시속 3km 정도의 낮은 바람이 불고 있습니다. 아침 식사는 8시부터 5층 다이닝 룸에서 조식 뷔페가 제공될 것이고, 식사 후 9시부터 레드, 옐로 그룹은 폴렛 섬에 내려 여행할 것이고, 그린과 블루 그룹은 조디악을 타고 폴렛 섬의 건너편에 있는 바다사자와 알바트로스(Albatross)의 집단 서식지를 구경할 것입니다. 그리고 10시 반에는 서로 역할을 바꾸어 활동을 하고 12시에는 다시 배로 돌아올 것입니다."

침대에서 눈을 감고 있다가 방송이 끝날 때에서야 비로소 몸을 일으켰다.

어제 저녁 식사 후, 섀클턴 관련 영화 「인듀어런스(Endurance)」를 감상 후에 11시가 넘도록 사람들과 와인을 마셨더니 평소보다 조금 피곤했다.

천천히 일어나서 커튼을 젖혔다. 하얀 눈이 덮인 육지와 뾰족뾰족한 산이 보였다. 그리고 언덕과 계곡에는 푸른색의 빙하가 덮여있었고, 그 위로 안개가 자욱하게 있어 신비로운 모습이었다.

세수와 양치를 하고 아침 식사를 하러 갔다. 승객의 절반 정도는 이미 식사를 하고 있었다. 오전 식사는 컨티넨탈 스타일과 아메리칸 스타일이 혼합된 뷔페식이었다. 식사 중에 타이완에서 온 미야오가 식당으로 들어왔다. 오늘도 늦잠을 잤는지 8시 반이 거의 되어서야 아침 식사를 시작하는 것 같았다.

식사 후 재빨리 방으로 돌아와, 폴렛 섬으로의 랜딩을 준비했다. 오전 활동은 내가 속한 레드 그룹이 첫 차례여서 조금 서둘러 준비를 했다.

두툼한 옷들을 겹겹이 껴입고, 모자와
장갑도 챙겼다. 카메라와 메모리 카드,
그리고 여분의 배터리도 잊지 않았다.

  9시가 되자, 방안에 있던 스피커가
다시 울렸다.

  "레드 그룹, 레드 그룹은 랜딩을 위
해 지금 갱웨이로 내려오십시오. 다시
한 번 말씀드립…."

  갱웨이 옆에 있는 갱의실의 내 사물
함에서 구명조끼와 방수부츠를 신고,
드디어 내 차례를 기다렸다. 조디악 고
무보트들이 한 대씩 갱웨이 입구로 와
서, 승객을 태워서 떠나면 다음 조디악
이 와서 다음 손님을 태워갔다.

  바닷물에 떠다니는 유빙들을 헤치며 서서히 폴렛 섬 해안가에 보트
를 세웠다.

  1시간 20여분 정도 폴렛 섬 구경을 마치고 다시 조디악에 탔다. 조디
악은 능숙하게 섬 건너편의 야생동물들이 많은 곳으로 이동했다. 조디
악을 타고 크루징을 하는 경우에는 남극 땅을 밟고 바로 펭귄들 옆을 갈
수는 없었지만, 사람들이 걸어서 가기 어려운 곳들을 보트로 쉽게 이동
할 수 있었다. 특히 바다에 떠다니는 거대한 유빙이나 고래들을 훨씬 더
가까이 볼 수가 있었다.

  팬케이크, 계란 요리, 소시지, 구운 감자, 시리얼, 요거트, 과일 등이 제

공되었던 아침 식사에 비해 점심은 따뜻한 요리가 더 많이 제공되었다. 해물 샐러드나 구운 고기 같은 것들도 제공되었다.

　점심 식사 후 1시 반부터는 주변의 다른 남극 섬(또는 남극대륙)을 방문하고, 혹시 날씨가 좋지 않아 조디악을 탈 수 없으면 크루즈 배를 타고 주변을 돌아볼 예정이다. 오후 활동이 끝나고 크루즈에 돌아오면 가장 먼저 뜨거운 물에 샤워를 했다.

　계절상 여름이라고는 해도 남극의 바람은 매서웠고, 아무런 온열 장치 없이 세차게 불어대는 바람을 마주하며 몇 시간 동안 눈 덮인 곳들을 다니면 몸이 차가워졌기 때문에 뜨거운 물로 샤워하는 시간이 참으로 행

복하게 느껴졌다. 게다가 남극은 사하라 사막의 두 배에 달하는 지구 최대의 사막 지역이어서 목에 염증도 생겼다. 남극에 도달하고 며칠이 지나자 건조한 날씨 탓에 인후통과 목 염증이 시작되었고, 하루 이틀이 더 지나자 목에서 피가 나기 시작했다.

오후 활동을 마치고 난 후 크루즈로 돌아와 샤워를 마치자, 선내의 스피커에서 10분 후에 리캡 미팅을 진행한다고 했다. 매일 저녁 식사 전에 미팅 룸에 모여, 30분-1시간 정도 리캡 시간을 가진다. 익스페디션 팀 멤버들이 번갈아가며 중요 내용들의 정리 및 전달 사항을 발표하는 미팅 시간이다. 주로 그날 있었던 일을 간략하게 정리하고, 다음날 있을 활동 및 중요한 전달 내용을 발표하거나 남극 여행 시 도움이 되는 유용한 정보를 알려주는 중요한 일과 중 하나이다.

리캡의 첫 시작은 탐험 리더 스티븐이었다. 그는 오늘 오전 오후의 액티비티에 대해 요약을 하고, 내일의 일기예보(날씨에 따라 어떤 활동을 하게 될지 결정되기 때문에 일기예보를 미리 알고 있는 것은 꽤나 중요했다)와 행선지 정보를 알려주었다.

네덜란드 출신의 조류 관찰가 에이비(Ab)와 사나(Sanna)는 사우스조지아에 도착하면 보게 될 킹 펭귄(King Penguin)과 마카로니 펭귄(Maccaroni Penguin), 그리고 알바트로스에 대해 자세히 강의를 해주었다. 내일 오전에는 라일라의 스트레칭 세션이, 오후엔 사진작가 쉐인(Shayne)의 사진 관련 강좌가 있을 거라는 예고도 덧붙였다.

리캡 후 저녁 식사를 위해 배의 7층 후미에 있는 야외 데크로 이동했다. 평소에는 6층 식당에서 식사를 하지만, 오늘은 그동안 사고 없이 남극 탐험 활동을 마친 것을 자축하는 의미로 특별히 바비큐 파티를 열었다. 저녁 무렵 노을에 붉게 물든 빙하를 지나며 사람들은 와인을 곁들인 바비큐를 즐겼다.

저녁 식사를 마친 후 사람들은 삼삼오오 모여 이야기를 나누고, 일부 사람들은 선내에서 상영하는 영화 관람을 위해 회의실로 내려갔다.

더 어두워지자 배에서 최소한의 불빛만 외부로 나가도록 방에 커튼을 치거나 가림막을 설치하였다. 불빛을 보고 몰려든 바닷새들이 자칫 배에 부딪치거나 사고를 당하는 일이 종종 발생하여, 이를 방지하는 차원이었다.

나는 조용히 뒤편에서 우리가 지나온 바다를 바라보았다. 몇 마리의 바닷새들이 우리 배를 멀리서 따라오고 있었다. 배의 프로펠러가 물결을 헤치며 지나온 자리엔 플랑크톤이 많아 먹이를 찾아 모여든 새들이었다. 새들 중엔 남극 가마우지와 같은 새들도 있었고, 한 번 날아오르면 몇 년간 착륙하지 않는다는 희귀종 알바트로스도 종종 있었다.

이 바다를 몇날 며칠 동안 가도 사람의 손길이 닿은 물체라고는 없을 것 같았다. 차가운 물과 빙하들, 천지를 뒤덮은 얼음뿐이었다.

|체력방전과 이틀간의 휴식

　사우스조지아로 이동하는 동안 탐험 팀의 멤버들은 끊임없이 남극과 사우스조지아 섬에 관한 강의를 제공해주었다.

　오전 강의와 오후 강의가 있었는데, 오전 8시 아침 식사가 끝나면 강의가 시작되기 전 휴식시간에 사람들은 배의 후미에 있는 오픈 데크에 삼삼오오 모여 경치를 감상하며 서로 이야기를 나누었다.

　휴식 시간이 끝나면 9시 반부터 6층 세미나실에서 한 시간씩 강의가 시작되었다.

　남극 탐험의 역사, 남극 협약, 남극권의 바닷새, 남극의 지질 탐사와 같은 남극의 역사, 자연에 관련된 학술적인 것들이 대부분이었지만, '남극

사진을 잘 찍는 법'과 같은 여행자들을 위한 실용적인 내용의 주제도 있었다.

그리고 점심 식사 후에 2시부터 4시까지 2개의 강의가 더 있었다. 저녁 식사 이후에는 영화감상, 노래방 기기를 연결하여 노래 부르기, 그리고 (남극) 전문가들과의 대화 시간들을 가졌다. 지난 일주일간 남극 여행을 하느라 지친 사람들은 방에서 쉬기도 했고, 사진 찍는 것을 좋아하는 사람들은 서로 자신들이 찍은 것들을 보여주면서 사진 이야기를 하기도 했다.

엘리펀트 섬을 떠나며 사우스조지아까지 가는 동안 조디악 크루징이나 남극 랜딩과 같은 야외활동이 없다는 소식에 아내는 매우 기뻐했다. 아내는 조디악을 타고 이곳저곳 크루징을 하거나, 펭귄들을 관찰하는 활동을 너무 좋아했지만, 춥고 건조한 곳에서 장시간 머무르는 것에 체력적 부담을 느끼곤 했다. 지난 10년간 적도 근처의 습하고 더운 나라에서 지내왔기 때문인지, 아니면 원래 이 여행이 그런 것인지는 알 수 없지만, 추위에 견디는 것만으로도 생각보다 많은 에너지를 소모해야 했고, 건조한 날씨 탓에 코와 목에 염증이 심하게 생겼다. 비록 배가 이동하는 날에는 야외활동이 없었지만, 드레이크 해협의 거친 파도로 인해 뱃멀미까지 해야 했으니 체력적 부담이 배가 되었다. 그래서 아내는 사우스조지아에 도착하기 전까지 이틀간 자신은 침대에만 누워있을 거라고 미리 선포를 해놓은 상태였다.

사우스조지아로 가는 이틀은 특별히 예정된 외부 활동이 없어, 지난 일주일간의 탐험을 잠시 접어두고 휴식을 취할 수 있는 기회였다. 그렇다 해도 거친 파도로 인한 어려움은 어쩔 수 없이 감당해야만 했다.

| 우리들만의 사진 콘테스트

쉐인은 탐험 팀의 전속 사진작가이다.

미국에서 작품 활동을 하고, 17년째 사진 아카데미를 운영한다는 그녀는 매년 이 시기가 되면 남극 크루즈에 합류한다. 이번에 돌아가면 아프리카로 촬영을 떠난다고 했다.

그녀는 크루즈의 전속 사진작가이기에 배 안에서의 크고 작은 일들이나, 랜딩이나 크루징과 같은 외부의 탐험 활동과 같은 이벤트에 모두 빠짐없이 참석하여 사진을 남겼다. 그리고 크루즈 내에서 사진과 관련된 강의 역시 그녀의 몫이다. 그녀는 또한 사진 콘테스트를 심사하는 심사위원 중의 한 명이기도 했다.

크루즈가 우수아이아를 출발하여 남극을 향해 가는 동안에는 사람들에게 '남극사진 잘 찍는 법'과 같은 강의를 하며, 사진 찍을 때 노출을 잘 맞추는 방법과 같은 팁들을 알려주기도 했다. 그리고 오늘 남극반도에서 사우스조지아로 가는 길에는 승객들 앞에서 '사우스조지아에서 야생동물 사진 찍는 방법'에 대해 강의를 했다. 강의가 끝나갈 무렵, 쉐인은 이틀 전에 마감한 사진 콘테스트 결과 발표가 강의 후에 있을 예정이라고 했다. 각지의 사진작가들이 일주일 동안 남극대륙을 여행하며 찍은 사진 중 맘에 드는 것을 골라 제출했으니, 과연 어떤 사진이 담겼을지 매우 기대가 됐다.

시상은 인물, 동물, 풍경 부문이었다. 부문별로 1, 2, 3위를 발표했고, 인물 부문의 1위는 항상 목에 라이카(Leica) 레인지 파인더 카메라를 메고 다니던 미국 댈러스에서 온 쉘리였다. 언제나 웃는 얼굴의 그녀는 모

든 사람에게 친절했고, 만날 때마다 사람들과 깔깔거리고 웃던 친구였다. 영예의 1위를 차지한 그녀의 사진은 크루즈 기간 동안 함께 다니던 3명의 여성들과 나란히 서서 남극 바다를 배경으로 찍은 사진이었다. 무엇보다 네 여성의 표정이 너무 자연스럽게 잘나온 사진이었다.

　동물 부문의 1위는 호주에서 온 캐빈이었다. 캐빈은 결혼식을 올린 후 아내 조이와 신혼여행으로 세계 일주를 하고 있었다. 그는 나와 같은 기종의 카메라를 쓰고 있어서, 우린 시간이 날 때마다 종종 사진과 카메라 이야기를 나누곤 했다. 그는 레오파드 물범이 펭귄을 사냥하는 모습을 순간 포착한 사진을 찍었고, 물개가 펭귄의 머리를 물고 바닷물 위로 내

팽개치는 모습을 사진에 절묘하게 담았다.

쉐인은 풍경 부문을 발표하면서 가장 경쟁이 치열했고, 심사위원 간에 오랜 토론이 있었다고 했다. 쉐인은 3위와 2위의 사진을 차례로 보여주고 난 후, 1위를 수상한 사진을 화면에 비춰주었다.

그런데 갑자기 화면에 예상치도 못한 내 이름과 사진이 나왔다.

며칠 전 남극만을 크루징 할 때 남극의 풍경과 유빙을 역광으로 좋은 빛을 담을 수 있었는데, 운이 좋게도 내 사진을 잘 봐주었나보다. 이날 이후로 나는 배 안에서 어디를 가든 사람들에게 축하를 받았다. 그리고 사진작가들이 이런저런 사진 이야기를 하며 말을 걸어오는 경우도 많아져 나머지 기간 동안 크루즈 사람들과의 교류도 더 활발해지는 계기가 되었다.

| 사우스조지아, 섀클턴이 잠든 곳

사우스조지아 섬은 남대서양에 위치해 있다.

남미 아르헨티나 남부에서 500km 떨어진 포클랜드 섬으로부터도 동남쪽으로 1,000km정도 더 떨어져있다. 섬의 동쪽에는 몇 개의 작은 무인도가 있어서 이 섬들까지 포함하여 사우스샌드위치 제도(South Sandwitch Islands)로 불리며, 남극의 차가운 해류와 북쪽의 따뜻한 해류가 만나는 남극 수렴대의 남쪽에 섬이 위치하기 때문에 여전히 남극권으로 간주되는 곳이다.

사람이 살지 않던 이곳에 사람이 처음 도착했다고 알려진 것은 1775

년이다. 다양한 신항로의 개척이 이루어지던 15-17세기의 대항해시대에 남극, 뉴질랜드와 호주 등 태평양의 여러 곳을 찾아다녔던 영국의 제임스 쿡 선장이 도착했고, 당시 영국 왕(조지 3세)의 이름을 따 사우스조지아라고 이름을 붙였다.

1904년 노르웨이의 탐험가 라슨(Carl Anton Larsen)이 이곳에 포경 기지를 세우며 고래잡이 산업을 시작하면서 정착민이 생겼고, 사우스조지아의 도시 그리트비켄(Grytviken)도 이때 생겨났다. 1915년 인듀어런스호가 조난을 당한 후 탐험대원을 구하기 위해 섀클턴이 오려고 했던 곳이 바로 이곳 그리트비켄이었다. 많지는 않았어도 이곳엔 정착민이 있었고, 구조선을 구할 수 있기 때문이었다. 훗날 다른 남극 탐험 시 섀클턴은 심장마비로 사망하였고, 이곳 그리트비켄의 교회에 묻혔다.

사실 사우스조지아 섬은 해류 상으로 남극권역에 있지만, 엄밀히는 남위 54도에 위치해있기 때문에 남위 60도 이남의 남극대륙과 그 주변 섬들에 적용되는 남극조약(Antarctic Treaty)의 영향을 받지 않는다. 따라서 다른 남극대륙과 달리 이 섬은 영유권 주장이 가능했다. 아르헨티나는 1816년 스페인으로부터 독립하면서 포클랜드 제도에 대한 권리도 같이 승계했다고 주장했고, 영국은 이곳에 자신들이 최초로 상륙했고 자국민이 거주하고 있는 영국의 영토라는 입장이었다.

이렇게 양국은 사우스조지아와 주변 포클랜드 섬에 대한 영유권을 서로 다르게 주장했고, UN을 통한 중재도 시도해보았지만, 협상은 기대만큼 잘 진행되지 않았다.

| 남극권에서 벌어진 전쟁

1982년.

아르헨티나의 고철 수집가 콘스탄티노 다비도프(Constantino Davidoff)는 사우스조지아 섬에 있는 옛 포경 시설에 고철이 많다는 소문을 듣고 이를 수거하기 위해 사우스조지아의 그리트비켄으로 향했다. 워낙 외진 섬이라 마땅한 교통편이 없었기 때문에 그는 아르헨티나의 해군 함정을 이용하여 이동했다.

도착하여 술을 한 잔 하고 그는 주변에 아르헨티나 국기를 걸고 작업을 하였는데, 이를 본 영국 관측대원이 자신들의 영토에 깃발을 꼽은 것에 대해 항의를 하자 콘스탄티노는 재빨리 사과를 하고, 양측은 서로 술도 나누어 마시고 좋은 분위기에서 헤어졌다.

하지만 나중에 이 소식을 듣게 된 섬사람들 중 강경한 영국 주민들은 (자신들의 땅에 아르헨티나 국기를 꼽은 것에 항의하여) 섬에 있던 아르헨티나 민간 시설을 공격했고, 그곳에 '영국 만세', '까불면 코피 터진다'는 등의 낙서를 하고 떠났다.

당시 아르헨티나 내부에서는 군부독재에 대한 반발이 심했고, 이에 대통령 레오폴도 갈티에리(Leopoldo Galtieri)는 국민들의 불만을 잠재우고 결속을 꾀하기 위해 포클랜드와 사우스조지아 섬을 점령하려는 계획을 세우던 중이었는데, 마침 이 사건을 계기로 예정보다 몇 개월 먼저 이곳에 병력을 파견한다. 표면적으로는 잃어버린 영토를 되찾는다는 명분을 내세웠지만, 이를 이용하여 내부의 혼잡한 정치 상황을 타개하려는 셈법이었다.

아르헨티나가 곧바로 사우스조지아 섬에 있는 자국민을 보호한다는 명목으로 해군 쇄빙선 '파라이소(ARA Bahia Paraiso)'를 파견하자 아르헨티나와 영국간의 긴장상태는 더욱 높아졌다. 그리고 일주일 후, 아르헨티나는 로사리오 작전을 통해 압도적 전력을 내세워 사우스조지아에 이어 포클랜드까지 점령했다.

아르헨티나는 자신들이 이곳을 점령하고 나면, 위치상으로 거의 지구 반대편에 있는 영국이 대대적인 군사 행동을 나서기 어려울 거라 여겼다. 게다가 영국은 마지막 정규 항공모함이었던 아크로열마저 얼마 전에 퇴역시켜, 장거리 군사 활동을 펼치기 어려운 상황이었다. 아르헨티나 역시도 이 점을 잘 알고 있었다. 그리고 지리적으로도 아르헨티나에 가깝기 때문에 전시에 중요한 '보급' 측면에서 절대적으로 유리하고, 장기전으로 갈수록 상황은 더욱 자신들에게 유리할 것이라고 생각했다.

일견 맞는 말이기도 했다. 영국 내부에서도 파병을 하는 것에 대해 정치인과 전문가들의 반대가 컸다.

하지만 '철의 여인' 마가렛 대처는 다르게 생각했다.

수십 년간 쇠락의 길을 걸어왔던 영국이었다. 전 세계에 자신의 영토조차 지키지 못하는 모습을 보일 수는 없다고 생각했다. 특히 영국은 세계 여러 곳에 해외영토를 관리해야 하는 입장이었고, 이런 상황에서 무조건 강경대응을 해야만 한다고 생각했다. 설령 자신들이 전쟁에서 이기지 못할지라도 말이다. 지키지 못하고 물러나는 모습을 보인다면 앞으로 자신들의 해외영토에 어떠한 일들이 벌어질지는 뻔한 일이었다. 또한 1970년대에 포클랜드 섬 주변에 석유가 매장 가능성이 대두되어 이 지역의 경제적인 가치도 무시할 수 없었다.

영국은 원자력 잠수함을 비롯하여 본토와 유럽근방의 전투함 및 상선까지 징발하여 전쟁을 시작했다. 그리고 3달 만에 전쟁은 영국의 승리로 끝이 났다. 이것이 바로 포클랜드와 사우스조지아에서 벌어졌던 포클랜드/말비나스 전쟁이다.

✳ 아르헨티나에서는 포클랜드 섬을 말비나스(Malvinas) 섬이라고 부름.

| Don't cry for me, Argentina

군사독재에 불리했던 자국 여론을 무마시키려 전쟁을 일으킨 레오폴도 갈티에리 대통령은 전쟁에 패한 후에도 자국의 미디어를 통제하여 전쟁에서 승리했다고 거짓 선동을 했다. 그리고 이는 효과가 있는 듯했다. 하지만 거짓은 결국 발각되기 마련이다.

1982년 아르헨티나는 자타가 공인하는 세계 최강의 월드컵 우승후보였다. 이전 월드컵에서 아르헨티나에 우승을 안긴 마리오 켐페스(Mario Kempes)가 건재했고, 세기의 축구 신동 디에고 마라도나(Diego Maradona)도 있었다. 당시의 분석가들은 켐페스나 마라도나 두 명 중 한 명만 있어도 우승 후보라고 할 정도였지만, 이 두 명이 한 팀에서 뛰고 있었다. 바로 아르헨티나였다.

훗날 마라도나의 증언에 따르면 월드컵에 참가했을 당시 선수들은 자기들이 포클랜드 전쟁의 승전국으로 알고 있었다고 한다. 하지만 여러 나라 기자들의 거듭되는 질문에 자신들이 패전국이라는 진실을 알게 되었고, 벨기에와의 경기 전날 밤 숙소에 모여 밤새 문을 걸어 잠그고 대성통곡을 하였다고 한다. 결국 최강 우승후보 아르헨티나는 기대에 걸맞지 않는 경기력을 보이며 중도 탈락하고 말았다. 이로 인해 자신들이 패전국이라는 사실이 아르헨티나 전역에 알려졌고, 결국 갈티에리 정부는 실각했다.

그리고 4년 뒤, 1986년. 마라도나가 이끄는 아르헨티나는 다시 월드컵에 출전했다. 조별예선에서 한국을 꺾고 본선에 진출한 아르헨티나는 8강전에서 '잉글랜드'를 만나게 되었다.

"포클랜드 전쟁으로 잃어버린 조국의 자존심을 회복해 달라."는 국민들의 열망을 업은 축구 대표팀은 그라운드에서 다시 한 번 전쟁을 치렀다. 그리고 이 경기에서 마라도나는 월드컵 역사상 가장 유명한 두 골을 성공시키며 팀을 승리로 이끌었다.

월드컵 역사상 최악의 오심, 일명 '신의 손' 사건이 그 첫 골이었다. 그리고 5분 후 165 센티미터의 단신인 마라도나는 영국의 키 큰 수비수 6명을 모두 무너뜨리며 월드컵 역사상 진정한 최고의 골을 넣었다.

영국과의 전쟁으로 자존심을 다친 아르헨티나 국민들은 축구전쟁에서만큼은 자신들의 앙숙을 이겼다고 여겼다. 아르헨티나 사람들에게 축구란 우리가 생각하는 단순한 스포츠가 아니다. 축구는 그들의 삶과 밀접하게 관련된 문화 활동이다. 축구는 탱고와 더불어 일상 대화의 소재이고, 삶의 원동력이며 빈민가에서부터 부유층까지 사회 전반에 꽃을 피운 문화이다.

정치적으로 경제적으로도 암울했던 현실과는 달리, 그라운드에서만큼은 자신들의 염원이 이루어지기를 바랐다. 그리고 자신들의 나라를 대표하는 어린 축구천재에게 자신들의 희망을 대입시켰다. 팬들과 언론의 열망을 업은 축구천재는 당시까지 월드컵에서 남미를 상대로 단 한 번도 패배한 적이 없던 서독마저 꺾고 팀을 우승으로 이끌었다.

아르헨티나 국민들의 뼈아팠던 전쟁의 패배를 위로해 준 축구신동 마라도나는 그들의 영웅이 되었다.

한편, 영국은 포클랜드/말비나스 전쟁에서 승리한 후 포클랜드와 사우스조지아를 자신들의 해외영토(Overseas Territory)로 편입시켰고, 1989년 이후로 양국은 포클랜드 영유권에 대한 협상을 재개하였으나 현재까지 별다른 진전을 보이고 있지 않다.

| 사우스조지아의 피오르드 협곡에서

"와⋯. 육지다!!"

오전 10시.

이틀간의 항해 끝에 드디어 육지가 보인다는 소식이 선내 스피커에서 흘러나왔다.

'드디어 사우스조지아 섬에 도착하는구나.'

카메라를 들고 실외 데크에 올랐다.

지독하게도 끝이 뾰족한 여러 개의 봉우리들로 이루어진 산이 보였다. 봉우리 아래 경사면에는 눈이 두텁게 쌓여있었다. 경사면에 쌓인 눈 중간 중간에 여러 개의 크레바스가 선명하게 보였고, 검은색의 암석으로 이루어진 산 위에 흰 눈이 촘촘하게 쌓여있어 섬세한 붓으로 그린 수묵화를 보는 듯했다. 구름 사이에 가려졌던 햇빛이 산봉우리를 비추었다. 햇볕을 받은 빙하는 더욱 밝게 빛나고, 그림자가 드리운 부분은 옅은 푸른빛으로 보였다.

배는 사우스조지아 섬의 최남단 드리갈스키 피오르드(Drygalski Fjord) 피오르드를 향했다. 불과 한 시간 전까지 파란 하늘이 보이더니, 하늘에서 갑자기 눈이 내리기 시작했다. 빙하가 깎여 생성된 골짜기답게 피오르드 양쪽에는 깎아지듯 가파른 절벽이 서있었다.

우리는 깊은 협곡을 따라 천천히 이동했다. 협곡을 이루는 산과 골짜기는 조금씩 좁아지는 듯하더니, 우리는 어느새 피오르드의 끝에 다다랐다. 바다와 연결된 곳임에도 불구하고 피오르드의 끝에는 에메랄드 색 바다가 있었다. 그리고 청록색 물 위로 커다란 날개의 알바트로스와 남

극 바다제비가 날아다니고 있었다.

피오르드 끝에 다다르자 영국 군함(HMS: His or Her Majesty's Ship/Submarine) 한 척이 보였다. 그리고 군함 주변에는 군함에서 나온 것으로 추정되는 조디악 보트들이 훈련을 하고 있었다. 남미의 끝에서 남극 쪽으로 향한 바다 한가운데의 사우스조지아 섬이 영국령이라는 것을 새삼 느낄 수 있는 풍경이었다.

| 남극 동물들은 대체 무엇을 먹고 살까?

남극을 여행하다 보면 펭귄, 물범, 고래와 알바트로스 등을 어렵지 않게 볼 수 있다.

그렇다면 이런 펭귄, 고래와 같은 남극 동물들은 과연 무엇을 먹고 살까?

먼저 남극의 바다는 편서풍의 영향을 받은 남극순환해류로 인해 지구상의 다른 해류들이 남극권 바다로 들어오지 못한다. 다른 지구상의 해류와 섞이지 못하는 남극의 바다는 말 그대로 고립된 바다인 셈이다. 고립된 바다 속에서 사는 물개나 물범은 물고기를 먹거나 간혹 펭귄을 먹을 때도 있기는 하다. 하지만 펭귄부터 고래, 물범, 그리고 알바트로스와 같은 다양한 바닷새까지, 남극에서 살아가는 모든 동물들이 공통으로 즐겨 먹는 단 한 가지의 먹거리가 있다.

바로 '크릴(Krill)'이다.

'크릴새우'라고 불리기도 하는데, 사실 생김새가 새우와 닮아서 그렇게 불릴 뿐, 분류학상으로는 플랑크톤의 일종이다. 생태계의 여러 포식자들이 단 한가지의 먹잇감을 먹는 이 독특한 환경은 남극 외에는 지구상 어디에서도 없다. 그리고 남극에 사는 동물은 모두 크릴을 먹는다. 크릴은 남극의 생태계에서 절대적으로 중요한 존재인 것이다.

이렇게 남극의 모든 동물들이 크릴을 먹는다면, 그렇다면 남극의 크릴은 무엇을 먹고 살까?

남극 크릴은 물속에 있는 미세한 조류(algae)를 먹고 사는데, 이러한 조류들은 빙하의 내부에서 지내다가 여름철에 빙하가 녹으면 바닷물 속으로 나온다. 크릴들은 이때 빙하의 아래에서 기다리고 있다가 흘러나오는 조류를 먹이로 삼는다. 즉, 남극을 둥글게 감싸 흐르는 남극순환해류가 흐르는 영역인 남극 수렴대는 75%가 빙하로 뒤덮여있고, 이 빙하에서 바닷물로 나오는 조류가 크릴의 먹이가 되고, 모든 남극의 동물들은 이 크릴을 먹고 산다.

문제는 지구 온난화 현상으로 빙하가 줄어들고 있다는 점이다.

과학자들은 빙하가 녹으면 빙하 속의 조류와 이를 먹이로 하는 크릴의 생태계도 영향을 받을 거라 예측하고 있고, 이에 대해서는 아직도 연구가 진행 중이다. 크릴이 영향을 받으면 당연히 남극의 모든 동물들도 영향을 받을 것이다.

다른 한 가지는 최근 들어 인간들도 크릴을 대량으로 소비하기 시작했다는 것이다. 안타깝게도 크릴은 비리고 맛이 없어 식재료로 사용되지는 않는다. 사람들은 크릴을 잡아 기름을 짜낸다. 그리고 작은 캡슐 형태로 만들어 혈관에 좋다는 광고를 하며 팔고 있다. 그런데 사실 크릴 오일은 의약품으로 인정받지도 못했고, 아무런 효과도 입증되지 않았다.

2020년 4월 대한민국 식약청에서도 '크릴오일'은 건강기능식품이 아니라고 밝혔다. 그저 단순한 어유(물고기 기름) 형태의 일반 가공품이며, 건강기능식품이 아니라는 이유에서였다. 물론 독자분들 중에서 개인적으로 크릴에서 짜낸 기름이 그냥 좋아서, 또는 어쩌면 미래에 밝혀질지도 모르는 크릴오일의 효과를 대비해서 미리 드시겠다면 말리지는 않겠다.

하지만 요즘 세상은 맛있고 몸에 좋은 것들이 널려있다. 동네 마트에만 가도 그렇고, 휴대폰의 앱을 열면 1시간 내로 내가 사는 집으로 배달될 맛있는 음식들이 넘쳐나는 세상이다. 물론 지구상의 크릴의 개체 수는 어마어마하게 많다고 하더라도, 빠르게 변하는 지구 환경에 대비해야 하는 남극의 친구들과 먹을 것까지 놓고 경쟁까지 할 필요는 없지 않을까?

| 조디악을 타고 사우스조지아 크루징

오후에는 날씨가 좋을 거라 예상했지만, 막상 사우스조지아 섬 남쪽 라슨 항(Larsen Harbour)에 다다르자 파고가 꽤나 높았다. 파도 너울이 너무 심해 조디악에 올라타는 것이 쉽지 않은 날이었다.

나중에 들은 이야기이지만 탐험 팀 멤버인 페데리코(Federico)는 결국 이날 심한 너울로 인해 조디악 운행 중 바다에 빠졌다고 했다. 하지만 다행히도 보트 밑으로 깔려 들어갔다가 반대편 방향으로 헤엄쳐 수면 위로 올라와서 다행히 큰 사고는 없었다. 페데리코는 다음날 대수롭지 않은 듯 이야기했지만, 이 차가운 물에 온몸이 빠질 것을 생각하면 아찔한 느낌이 들었다.

보트를 타고 라슨 항 근처를 가는 도중 비와 섞인 눈이 내렸다. 내리는 도중 비는 얼음으로 변했고, 불과 백 미터 앞도 제대로 볼 수 없었다. 조디악을 움직여 육지 근처로 이동하자 엄청난 수의 물개들이 우리가 탄 보트 주변에서 맴돌았다. 물개들은 물속에 머물다가 물 위로 얼굴을 내민다거나, 물 위로 점프를 하는 행동을 끊임없이 해댔다. 외지의 낯선 존재가 와서 그러는 것인지, 원래 그러는 것인지 헷갈렸지만 시간이 지날수록 확신이 들었다. 물 위로 얼굴을 내밀 땐 분명히 우리를 보고 있었다. 손만 뻗으면 닿을 거리에서 물개들이 우리를 반기고 있었다.

머리 위에는 남극 가마우지와 자이언트 페트렐이 쉼 없이 날아다녔고, 꼬리가 예쁜 작은 사우스조지아 핀 테일(South Georgia Pin Tail)이 쉼 없이 공중에서 물 위를 왔다 갔다 하며 사냥을 하고 있었다.

야생동물의 천국이라던 사우스조지아를 느낄 수 있는 하루였다. 하지만 날씨도 춥고 바람도 꽤나 매웠다. 그리고 시간이 지나자 보트를 타는 것도 힘들었고, 무엇보다 며칠 전부터 괴롭히던 목의 염증도 점점 심해지고 있었다.

| 킹 펭귄들에 둘러싸이다

이른 아침 5:45am.

선실 내 스피커에서 스티븐의 모닝콜이 들렸다.

지난 2주간의 경험을 통해 짐작할 수 있었다. 평소보다 일찍 깨우는 날은 분명히 이유가 있었다. 아마도 밤사이에 도착한 곳이 나름 근사한 볼거리가 있는 곳일 테고, 파도가 잔잔해서 조디악 랜딩도 가능한 날씨인 듯했다. 이런 날엔 승객들에게 조금이라도 더 그 순간을 만끽하게 해주려는 탐험 팀의 일종의 배려였다. 방안에서 둥근 창문을 통해 밖을 보니 바다 수면 위로 동물들이 무리를 지어 퐁당거리며 점프를 하고 있었다.

세수를 하고 일출을 보러 배의 뒤편에 오픈된 데크로 이동했다. 실외로 나오자마자 동물의 분비물 같은 냄새가 코를 찔렀다. 하지만 우리 배가 서있는 곳의 반경 몇 킬로미터 가량은 오직 바다뿐이었다.

'설마 이 냄새가 몇 킬로나 떨어진 저 육지에서부터 전해져 오는 건가?'

그랬다. 우리가 도착한 곳은 세인트 앤드류 만(St.Andrew's Bay), 지구에서 가장 큰 킹 펭귄의 서식지였다.

조디악은 유유히 바다를 가르며 육지로 접근했다. 보트의 주변 여기저기에서 희고 검은 물체들이 물 위로 점프를 했다. 사방에서 여러 마리들이 문밖으로 점프를 하자 보트에 탄 사람들은 신기해하며 즐거워했다. 덩치가 꽤 있어보여서 물개인 줄 알았었는데, 여러 번 다시 보니 분명 배가 하얗고 머리 옆에 주황색의 둥근 모양이 선명하게 보였다.

킹 펭귄(King Penguin, 임금펭귄)이었다. 덩치가 크고 통통해서 물개라고 착각했던 것이었다.

　보트가 육지에 점점 가까워지고, 조금씩 시야가 트일 때에 눈앞에 펼쳐지는 놀라운 광경에 우리는 모두 할 말을 잃고 말았다. 지금껏 세계 일주를 하며 보아온 그 어떤 광경과도 비교할 수가 없었다. 멀리서 보았을 때 산 아래 넓은 기슭에 퍼져있던 흰색의 물체들이(처음엔 땅에 덮인 눈이라고 생각했던 것이) 모두 다 킹 펭귄들이었다.

　섬에 접근하면서 조금씩 섬에 있는 물체들이 선명하게 보이기 시작하던 순간, 킹 펭귄이라는 이름답게 덩치 큰 수십만 마리의 펭귄들이 갑자기 눈앞에 나타났다. 보트가 도착하는 해변에만 수천 마리의 킹 펭귄이 있었고, 그들은 우리가 오는 것을 뚫어지게 바라보고 있었다. 이곳은 15만 쌍의 킹 펭귄이 살고 있는 대규모 서식지였다. 해안에 선 하얀 펭귄들부터 점점 거리가 멀어지며 펭귄이 하얀 점으로밖에 보이지 않는 곳까지, 내 눈앞에는 오로지 펭귄뿐이었다.

킹 펭귄들이 모여 있는 곳에 조심히 자리를 잡고 안주머니에서 휴대폰을 꺼냈다. 휴대폰을 외투 바깥 주머니에 두면 추운 날씨 때문에 전원이 꺼져버리는 경우가 있어서, 남극에 온 이후로는 항상 안쪽 주머니에 넣고 다녔다. 그리고 휴대폰을 잠시 꺼내어 펭귄들 사이에서 동영상을 촬영했다. 녀석들은 내 주변을 맴돌며 신기한 듯 나를 바라보았다.

킹 펭귄은 키가 거의 1미터 정도로 마치 초등학생 조카가 내 옆에서 나를 보는 듯했다. 펭귄들은 처음 10-20초가량은 나를 경계하더니, 이내 내게로 다가와서 부리로 내 휴대폰을 집으려고 했다. 그럴 때마다 녀석들의 부리가 내 휴대폰에 따각따각 부딪치는 소리가 났다.

나는 웃음을 참아가며 휴대폰을 빼앗기지 않으려고 꽉 쥐고 있었다. 그러자 펭귄들은 금방 포기하고는 대여섯 마리가 내 옆에 서서 자기들끼리 꽥꽥 소리를 질러댔다. 나와의 거리가 불과 수십 센티밖에 되지 않았다. 조금만 손을 뻗어도 펭귄들에게 닿을 수 있는 거리였기 때문에, 나는 그 아이들을 만지지 않으려 조심했다.

우리는 잠시 이곳에 구경 온 방문객에 불과했다. 그런 이유로 오랜 시간 이곳에서 삶을 이어온 그들에게 우리가 끼칠 수 있는 잠재적 위험을 최소화하려 노력했다. 남미에서 남극으로 가면서, 그리고 남극에서 사우스조지아로 오면서 우리의 소지품을 진공청소기로 두 번씩 청소했고, 매번 조디악을 타기 전후로 신발과 옷가지를 소독약으로 소독했다. 신발 밑창에 남아있을 수 있는 찌꺼기도 매번 솔로 문질러 제거했다. 우리가 방문했을 때 그들에게 먹이를 주거나 만지는 행동을 하지 않기로 했다.

하지만 우리가 아무리 그들을 피해 다녀도, 펭귄들이 먼저 우리에게 다가와 교감을 시도하는 적도 많았다. 그럴 때는 그냥 가만히 기다리다가

조용히 자리를 비켜주었다.

수많은 펭귄들은 각자 저마다 독립적인 행동을 하고 있었다. 킹 펭귄도 연인끼리는 상대방의 행동을 흉내 내기(mirroring)도 하고, 짝을 따라다니며 구애하기도 했다. 수컷 펭귄은 자신과 구애 경쟁을 벌이는 상대 수컷 펭귄을 날개로 때리기도 했다.

푸른 빙하가 그림처럼 쌓인 사우스조지아의 어느 산 아래에서, 눈앞에 수십만 마리의 펭귄이 만들어내는 수십만 가지의 독립적인 상황 속에서, 나는 조용히 앉아 시간을 즐겼다. 문명의 혜택이 그리울 때도 있었지만, 솔직히 문명이 많이 그립지는 않았다. 다만 세상 소식을 접할 길이 없어서, 가끔씩 우리가 떠나온 그곳의 소식이 궁금하기는 했다.

오전 일과를 마치고 배로 돌아왔다. 그러자 배는 다시 움직이기 시작했다.

배는 우리가 점심을 먹는 사이에 사우스조지아의 또 다른 곳인 골드 하버(Gold Harbour)로 이동했다. 골드 하버에 도착했을 때, 우리는 해변에 누워있는 어마어마하게 커다란 바다표범들을 보았다. 남방코끼리물범(South Atlantic Elephant Seal)이었다. 사자, 호랑이, 곰이 포함되어 있는 식육목 동물 군에서 가장 덩치가 큰 동물이다. 그도 그럴 것이 몸집이 큰 남방코끼리물범 수컷은 크기가 5-6미터에 달하고 무게도 3톤에 달하니, 웬만한 아프리카 코끼리만한 크기의 몸집이었다.

어마어마한 덩치들은 해변에 가지런히 누워있었다. 우리는 섬의 안쪽으로 가기 위해 그 옆을 조심스레 지나가야 했다. 남방코끼리물범 수컷은 매년 번식기에 암컷을 차지하기 위한 처절한 혈투를 벌이지만, 사람을 공격하는 거의 발생하지 않는다. 그래도 워낙 덩치가 커서 처음 그 근처로 지나가야 할 때는 조금 겁이 나기도 했다. 한 번은 그 옆을 지나가는데, 갑자기 커다란 수컷 한 마리가 하늘 위로 머리를 들고 트림을 했다. 그 거대함 속에 묵혀있던 오래된 냄새는 이 세상 냄새가 아니었다. 함께 있던 사람들은 그 짙은 농도에 당황하면서도, 서로 큭큭거리며 웃기에 바빴다.

하지만 우리가 조심해야 할 것은 물범계의 헤비급 챔피언도 아니고, 그 깊은 체취도 아니었다. 철부지 같은 어린 물개들이었다.

어린 물개들은 사람을 보면 달려들었다. 화난 표정을 지으며 이빨을 드

러낸 채 달려들면, 우리는 양 손을 높이 들어 몸집을 커보이게 하고 그 녀석을 똑바로 쳐다보았다. 사람들이 그런 제스처를 취하면 달려오던 어린 물개는 이내 멈추고 다시 돌아갔다.

문제는 사람의 뒤에서 달려드는 어린 물개였다. 뒤에서 오기 때문에 미쳐 우리가 대응을 하기 전에 우리를 물 수도 있기 때문이다. 그럴 땐 사람들끼리 팀을 이루어 서로를 봐주면서 이동을 해야 했다. 그리고 어린 물개가 이빨을 으르렁거리며 달려들 땐 서로에게 위험하다고 알려주었다.

처음엔 마구 달려드는 어린 물개들이 위협적으로 느껴졌지만, 몇 번 겪고 나니 심각하게 위험한 존재라기보다는 그저 인간들에게 호기심에 달려드는 것처럼 느껴졌다. 그리고 자신의 행동에 대해 사람이 반응을 하면 다시 원래 자리로 돌아가는 듯했다. 다행히도 그날 우리 중에 다친 사람은 없었다.

남방코끼리물범들과 물개 떼를 지나자 다시 수만 마리의 킹 펭귄 서식지가 나왔다.

남극에서 이곳에 올 때, 라일라가 왜 사우스조지아를 (이 여행의) 'Best of the Best'라고 했는지 이해할 것 같았다. 한시도 눈이 쉴 틈이 없었다. 너무도 많은 일들이 내 주변의 360도 모든 방향에서 일어나고 있기 때문에, 일어나는 일들을 모두 관찰할 수조차 없었다. 나의 앞에서, 옆에서, 뒤에서, 가까이서, 멀리서, 그리고 하늘 위에서 일어나는 수천 가지의 동시다발적 사건들 중에 한 가지만을 보아야만 했다. 그래서 처음엔 잠시 정신이 멍하다가 나중에는 이내 포기하고 내 앞에 있는 동물들과 조용히 시간을 보냈다.

남극반도를 떠나며 이번 남극 여행에서 앞으로 이보다 더 놀라운 곳들이 있을까 싶었는데, 상상하지 못했던 다른 방식의 놀라움이었다. 예측은 상상력의 한계를 벗어나지 못하는 법. 예측할 수 없다고 섣불리 단정 짓지 말아야지. 'Never say never'라고 하지 않았던가.

| 펭귄계의 좀 놀아본 오빠

넓고 다양한 세상엔 호불호가 갈리는 것들이 몇 개가 있지만, 개인적으로 좋아하지 않는 스타일 하나를 꼽으라면 '저스틴 비버의 바지' 스타일이다. 주변 서양 친구들 중에 이런 스타일로 바지를 입는 것을 선호하는 녀석들도 몇 명 있어서, 그 친구들이 쪼그려 앉을 때 본의 아니게 바지 엉덩이의 내부 골(?)을 보게 되었던 경험(아악, 내 눈ㅠㅠ) 이후로는 더욱 그랬던 것 같다.

하지만 이렇게 호불호가 갈리는 패션 트렌드가 지금 시대에만 있었던 것은 아니다. 70년대 우리나라에선 미니스커트 패션을 단속하기 위해 경찰이 줄자를 들고 길거리를 지나는 여성의 무릎에서 치마 끝까지 20cm가 넘는지 재고 다니던 시절도 있었으니 말이다.

18세기 영국에서도 비슷한 일이 있었다.

당시 부유층들 사이에서는 자제들의 견문과 인맥을 넓혀주기 위해 유럽 여러 나라에 유학을 보내는 경우가 많았다. 부모님의 재력으로 호화 유학을 다녀온 젊은 친구들은 자신들이 유학 생활을 남들에게 뽐내고 싶어 했다. '유학 허세'가 있는 친구들은 영국으로 돌아와 자신들의 여행에 대해 떠벌리고 싶어 하다 보니 옷을 과장하여 입거나 특이한 행동을 하였고, 이는 점점 하나의 패션 스타일로 만들어지게 되었다. 짧고 타이트한 재킷과 현란한 옷감으로 옷을 만들어 입고, 옷에 비해 지나치게 커다란 버클도 달았다. 가발로 머리를 최대한 높이 세운 후에 그 위에 아주 작은 모자를 살짝 얹어주는 식이었다.

그렇게 옷을 괴상하게 입는 사람들을 놀릴 때 '마카로니'라는 말을 사용했고, 우리나라에서는 '팽이치기(채를 감아 던지면 꼿꼿하게 서서~로 시작하는)'라는 노래로 알려진 미국 군가 양키 두들(Yankee Doodle)의 원곡 가사에도 이러한 맥락으로 '마카로니'라는 말이 사용된다.

특이하고 독특한 패션을 자랑하는 것 같다고 하여, 동물의 세계에서도 '마카로니'라는 이름을 붙인 경우가 있다. 바로 펭귄계의 멋쟁이 '마카로니 펭귄'이다.

사우스조지아와 포클랜드 섬 근방에 주로 서식하는 마카로니는 남극권에 서식하는 6종류 펭귄(황제, 킹, 아델리, 우분투, 턱끈, 마카로니) 중의 하나이다. 키는 약 70cm 가량으로 작은 편이지만, 붉은 부리가 있고 바닷가 바위 절벽 등에 주로 서식한다. 한 번 보면 보는 사람을 강하게 각인시키는 그 독특한 헤어스타일은 마치 앞머리에 노란 브릿지 염색을 하고 머리를 뒤로 넘긴 스타일이다. 어렸을 때부터 머리숱이 적은 편인 나는 결코 흉내 낼 수 없는. 외모로만 보면 마카로니 펭귄은 펭귄계의 노는 오빠(?) 격이다.

| 사우스조지아에서 만난 패셔니스타

남극 탐험 13일째 되던 날.

우린 처음으로 마카로니 펭귄을 볼 수가 있었다.

원래의 계획은 이랬다.

처음 출발할 때 우리의 배는 인듀어런스 호를 타고 출발한 섀클턴 탐험대의 남극 항로를 따라 탐험을 할 계획이었다. 그리고 오늘은 그 계획 중에서 중요한 의미를 갖는 사우스조지아의 도시 그리트비켄으로 향할 예정이었다. 엘리펀트 섬에서 출발한 섀클턴 일행이 구조 요청을 하기 위해 마지막으로 도착한 곳, 바로 오늘날 섀클턴의 무덤이 있는 장소였다.

하지만 이곳의 날씨는 예측하기에는 너무도 변화무쌍했다. 드레이크 해협 주변은 틈만 나면 폭풍이 몰아치는 곳이었고, 우리는 사우스조지아 그리트비켄 근처에 몰려든 폭풍과 거센 바람으로 인해 계획을 수정해야 했다. 남극 탐험의 역사적으로 많은 의미가 있는 곳이라 꼭 가보고 싶었지만 어쩔 수 없었다.

플랜B를 가동해야 했다.

저녁부터 아침이 오기 전까지 폭풍이 몰아치는 경로를 피해, 우리는 사우스조지아의 남쪽에서 배를 이동하여 최북단 엘스홀 만(Elsehul Bay)으로 이동하기로 했다. 그곳은 배에 있는 남극 탐험 팀 멤버들조차 거의 가본 적이 없는 곳이라고 했다.

파도가 잔잔하리라 예상했던 엘스홀(Elsehul) 부근 역시 너울이 꽤나 깊었다. 폭풍을 피해 먼 길을 돌아오고, 위험하게 출렁거리는 너울을 견디며 도착한 곳이 이 구역의 날라리 펭귄 '마카로니 펭귄'의 서식지였다.

절벽에 매달려 곱게 기른 노란 앞머리를 휘날리는 작은 펭귄들은 이 구역의 패셔니스타 그 자체였다.

　바람이 심해 우리는 랜딩을 할 수는 없었지만, 조디악을 타고 엘스훌만 근처를 다니며 절벽에 매달린 마카로니의 서식지를 관찰했다. 주변에는 수백, 어쩌면 수천 마리의 물개들이 물 위로 곡예를 하며 우리를 반겨주었지만, 그보다는 거친 남극 바람에 긴 앞머리를 휘날리며 절벽에 서있는 '마카로니'의 아우라에 눈길을 빼앗긴 시간이었다.

| 섀클턴의 보트가 도착한 킹하콘 만

배는 섬의 북쪽 해안을 따라 서쪽으로 향했다.

사우스조지아 주변은 폭풍으로 바람이 세차게 불었다. 순간적으로 부는 돌풍은 50노트(약 90km/h)에 육박해, 중형급 태풍 수준의 바람이었다. 눈발이 조금씩 날리더니, 오후 들어 갑자기 기온도 뚝 떨어졌다.

배는 서서히 사우스조지아의 북서쪽에 있는 킹하콘 만(King Haakon)으로 들어섰다. 선장은 킹하콘 만은 바다로부터 길게 들어간 좁은 협곡이고, 주변에 높은 산으로 둘러싸여 있어서 어쩌면 그곳에 들어가면 바람이 세지 않을 수도 있다고 했다.

예상은 적중했다.

킹하콘 만으로 들어오자 바람이 눈에 띄게 줄어들었고, 배를 타고 내륙 쪽으로 들어갈수록 바다는 잠잠해졌다. 세찬 바람이 몰아치는 외부와는 달리 킹하콘 만의 안쪽은 신기하리만큼 조용했다. 백 년 전 섀클턴 탐험대가 엘리펀트 섬을 떠나 작은 조각배를 타고 처음으로 도착했던 사우스조지아의 그 장소였다. 배가 킹하콘 만의 끝에 다다랐을 때 우리는 랜딩 준비를 했다.

전반적으로 구름이 많은 날이었지만, 오후 늦은 시간이 들면서 조금씩 해가 나기 시작했다. 늦은 오후의 킹하콘 만에는 불그스레한 노을이 졌다. 멀리 있는 물개와 킹 펭귄 떼가 눈에 들어왔다. 남극에 온 이후로 흐린 날들이 많았는데, 오후 늦은 시간에는 구름이 걷히고 태양이 비추었다. 킹하콘 만에서의 노을은 너무도 눈이 부셨다. 노을을 등지고 커다란 킹 펭귄이 나란히 걷거나 서로를 쓰다듬는 모습이 보였다.

탐험 팀 리더인 스티븐에게 혹시 섀클턴이 넘은 산이 어느 방향인지 아느냐고 물어보니, 손가락으로 높은 설산 봉우리를 가리켰다. 엘리펀트 섬에서 이곳까지 무동력 보트로 드레이크 해협을 건너 온 것도 대단한 기적인데, 제대로 된 등반 장비조차 없이 빙하로 가득한 남극권의 설산을 넘어야 했던 모습을 홀로 상상해보았다. 무모한 줄 알면서도 그것밖에는 선택이 없었던 사람들. 어쩌면 섀클턴은 자신을 믿고 따라와 준 탐험대원이 생사의 기로에서 싸우는 모습을 보며, 아무리 무모한 방법이라 할지라도 무엇이든 해내야 한다는 탐험 대장의 책임감을 느꼈을 것이다.

그 자리에서 섀클턴 탐험대가 올라갔다는 산의 방향을 바라보았다. 산 중턱에 낮은 구름이 끼어있었고 거대하고 푸른 빙하가 보였다. 저 산에 대해 아는 것도, 지금껏 누구도 횡단에 성공한 적 없는 곳을 향해 맨손으로 올라야 했던 탐험 대원들을 생각하면서.

| 믿겨지지 않는 야생동물의 천국, 솔즈베리 평원

사우스조지아에서의 마지막 날.

파아란 하늘, 기분 좋은 바람. 시원한 공기가 느껴지는 기분 좋은 하루의 시작이었다. 자고 일어났더니 간밤에 배는 사우스조지아 섬 북부에 있는 솔즈베리 평원(Salisbury Plain)에 도착해있었다. 바다 한가운데 떠 있는 배에서 잘 차려진 아침 식사를 하며, 멀리 보이는 섬의 아름다운 산과 평원을 바라보았다. 햇살도 적당하고 하늘도 예쁜, 평화로운 하루의 시작이었다.

조디악에 몸을 실었다. 10명을 태운 작은 고무보트는 덩실덩실 춤을 추듯 파도 너울을 넘어 섬 근처로 갔다. 보트에 탄 채로 솔즈베리 평원 근처 해안가 100미터 정도까지 접근했다. 멀리서 보이는 평원에는 헤아릴 수 없을 만큼 많은 하얀 펭귄들이 있었고, 그 너머는 오랜 시간 만들어진 것으로 보이는 빙하 표면에 거대한 크레바스가 보이는 하얀 대륙이었다.

다시 한 번 맞이하는 대규모 킹 펭귄 서식지였다. 킹 펭귄들은 해안가에 서서 하늘로 부리를 향한 채 노래를 부르고 있었고, 수만 마리의 펭귄들이 내지르는 소리는 파도소리마저 뚫고, 우리가 타고 있는 보트에서도 크게 들렸다. 바다의 중간에는 수십 수백 마리의 킹 펭귄들이 물 위에 머리만 내어놓은 채로 파도에 밀려 떠다니고 있었다.

보트 위에서 보면 바닷물 위에 펭귄 얼굴 수십 개가 떠다니는 장관이 이곳저곳에 펼쳐졌다. 해변에는 낮잠을 자고 있거나 껑충껑충 뛰어다니는 물개들이 있었고, 낯선 자들의 방문을 눈치 챈 물개 수십 마리가 우리가 탄 보트 바로 옆에서 물 위로 점프하며 이방인을 반겨주었다.

　머리 위에는 가마우지, 알바트로스와 자이언트 페트렐과 같은 거대한
새들이 지나다니고 있었다. 보트 바로 옆에서는 수많은 킹 펭귄들이 물
위로 솟구쳐 오르며 점프를 하고 있었다.

　이 모든 것들이 모두 동시에 벌어지고 있었고, 보트에 탄 사람들은 어
찌할 바를 모르는 듯 어린아이 같은 웃음을 지으며 연신 카메라에 셔터
를 눌렀다. 먼 곳에서, 가까운 곳에서, 땅 위에서, 물 위에서, 물속에서,
하늘 위에서 벌어지는 화려한 남극 극장에 마치 내셔널지오그래픽 다큐
멘터리의 화면 속에 내가 있는 듯했다. 눈앞에 벌어지는 이 상황에 그저
어쩔 줄 모르고 즐거워했다. 태어나서 그토록 수많은 야생동물들을 눈
앞에서 지켜보는 일도 없었고, 비슷한 경험조차 없었다.

　우리가 사우스조지아를 떠나는 날에 맞추어 우리에게 작별인사를 하
듯. 그렇게 사우스조지아에서의 마지막 날의 오전을 보냈다. 그랬다.
이때까지는 오늘이 그저 사우스조지아를 떠나는 날이라고만 생각했다.

Chapter 2

대한민국까지 | 18일간의 선상 고립생활

| 세상에서 들려온 소식

오전이 끝나갈 무렵 배로 돌아와 따뜻한 물에 샤워를 했다.

점심 식사를 하고 잠시 방에서 쉬고 있는데 기내 방송이 나왔다.

오후 2시에 리캡을 위해 회의실로 모이라는 방송이었다. 보통 리캡은 저녁시간에 갖는데, 오늘은 오후 일찍 한다고 하니 조금 의아했다. '아마도 날씨나 파도로 인해 앞으로 경로를 수정하는 게 아닐까.' 조심스레 생각해봤다.

회의실은 마치 파티장 같았다. 지난 며칠 동안 야생동물의 낙원 사우스조지아에서 겪었던 일과 조금 전 솔즈베리 평원에서 보았던 믿기 어려운 장면들로 아직도 흥분이 가라앉지 않은 듯했다. 나도 그랬다. 보고 있으면서도 두 눈을 의심할 만한 광경들로 아직도 가슴이 뛰고 있었다. 게다가 오늘은 폭풍이 지나간 후에 쨍한 햇살까지 비춰 배 안의 사람들은 더욱 행복했다. 긴장과 기대 속에서 시작했던 지난 며칠간의 탐험을 성공적으로 마치고, 계획대로라면 우리는 오늘부터 이틀간 포클랜드 섬으로 항해하게 될 것이다. 이틀의 휴식을 얻은 사람들은 성공적인 사우스조지아 탐험을 자축하며 와인과 맥주를 마시고 있었다.

대회의실 구석에서는 리더 스티븐과 선장이 진지한 표정으로 대화를 나누고 있었다. 아마도 내일부터 시작할 포클랜드 섬에 대한 발표를 준비하는 듯했다.

하지만 예상은 빗나갔다. 스티븐은 우리 중 그 누구도 예상하지 못했던 이야기를 시작했다.

첫 번째는 놀랍게도 바이러스 소식이었다.

우리가 남극으로 출발할 당시 중국의 우한과 한국의 대구에서 퍼지던 코로나 바이러스(COVID-19)가 불과 몇 주 만에 유럽을 비롯한 북미에 급격히 퍼지고 있다고 했다. 남극에서 인터넷과 단절된 채 세상 소식을 모르던 우리에겐 마른하늘에 날벼락 같은 소식이었다. 우리가 아르헨티나 최남단 우수아이아를 떠나 고립된 하얀 대륙을 탐험하는 동안 바이러스는 유럽과 미국에 퍼졌고, 심지어 얼마 전 남미 대륙에서도 첫 확진자가 나왔다고 했다.

다른 한 가지 문제는 우리 내부의 문제였다. 배에 탄 사람들 중 점점 더 많은 사람들이 기침을 하고 있었다. 물론 이 기침이 코로나 때문인지, 아니면 단순 감기인지는 알 수 없었다. 배에서는 이런 시기에 배에 기침하는 사람을 두고 계속 탐험을 진행하는 것은 위험하다고 여겼다.

마지막 소식은 우리의 다음 행선지 포클랜드 제도에 대한 내용이었다.

포클랜드 섬은 오늘 공식적으로 우리가 탄 배가 포클랜드에 오는 것을 허락하지 않는다고 했다. 우리가 탄 배의 의무기록에 기침하는 사람들이 있기 때문이었다. 포클랜드 제도에는 3,500명의 거주민이 살고 있기 때문에 혹시 모를 바이러스의 위험을 대비해야 한다고 했다.

와인과 맥주를 마시며 축배가 이어지던 미팅 룸에는 전에 없던 침묵이 흘렀다.

| 최대 속력으로 당장 돌아가야 한다

지난 보름간 신문도 전화도, 인터넷마저 없는 곳에서 '세상 정보와 단절된 채' 고립된 지역을 떠돌던 사람들은 믿기 어려운 표정으로 서로를 바라보았다. 지금 귀에 들리는 내용을 소화시키기에는 사람들에게 시간이 더 필요해보였다. 하지만 스티븐은 이야기를 계속했다. 분명 그 역시도 사람들에게 꼭 전달해야 할 내용이 많았을 것이다.

"우리가 남극에 있는 동안 우리가 떠나온 세상에는 충격적인 일들이 일어났습니다. 그리고 이제는 비교적 안전지대라고 여겨졌던 남미 대륙에도 확진자들이 발생했으며, 심지어 며칠 전에는 칠레와 아르헨티나에서도 첫 확진자가 나왔습니다. 이미 아시아 대부분의 나라들이 국경을 봉쇄하였습니다. 그리고 미국과 유럽의 나라들도 국경 봉쇄를 심각하게 고려중입니다."

칠레와 아르헨티나는 남미의 최남단에 있는 나라였다. 우리의 배가 떠나온 곳이었고, 우리가 다시 돌아갈 곳이기도 했다. 지구상에서 아시아로부터 가장 거리가 먼 대륙까지 바이러스가 퍼졌다는 것은, 아시아와 인적 교류가 훨씬 활발한 미국, 유럽의 상황은 불을 보듯 뻔한 상황이었다. 어두운 표정의 발표자가 순간 해맑고 장난기어린 웃음을 지으며 "서프라이즈~ 모두 놀랐죠? 우리는 포클랜드로 갑니다!!!"라고 말해주길 기대했다. 하지만 눈 덮인 벌판 위 펭귄과 함께 꿈꾸었던 순간들은 계속되는 이야기에 산산조각 나기 시작했다.

"지금 이 시간부로 즉각 남극 탐험을 중지합니다. 우리는 이 배의 입항이 예정되어 있는 아르헨티나가 국경을 봉쇄하기 전까지 최대한 빨리 되돌아가야 합니다. 최대한 서둘러 우리의 입항이 예정된 도시 푸에르토 마드린으로 돌아갈 것입니다. 우리의 배는 평상시 두 개의 엔진으로 이동하지만, 지금 이 시간부터는 비상 엔진 두 개를 추가로 가동하여 엔진

4개를 모두 켜고 최대 속력으로 귀항지로 돌아갈 것입니다. 그리고 지금부터 3일간 전속력으로 드레이크 해협을 건널 것입니다."

| 입항을 거절당했습니다

　사람들은 배 안의 이곳저곳에 삼삼오오 모였다. 갑판에, 후미 데크에, 레스토랑에, 복도에…. 서로 이야기를 하며 세상으로부터 온 믿을 수 없는 소식을 받아들이려 하고 있는 듯했다.

　나도 배의 뒤편 지붕이 없는 데크로 나왔다. 이 말이 사실이라면 앞으로 우리는 어떻게 해야 할지를 생각해보았다. 전염병이 퍼지고 있는 상황에서 여행을 계속할 수는 없을 것 같았다. 하지만 그렇다고 우리가 돌아갈 수 있는 곳도 없었다. 한국을 떠나온 지 10년이 되어 마땅히 한국에서 머물 수 있는 곳도 없었고, 싱가포르에서 지내던 집도 작년 여행 출발 전에 이미 정리를 한 상태였다. 배가 푸에르토 마드린에 도착하면 도시 외곽 조용한 곳에 장기간 숙소를 예약하고, 당분간 여행을 멈추고 바이러스가 잠잠해질 때까지 그곳에서 지내는 편이 나을 것 같았다.

　푸에르토 마드린은 제법 규모가 있는 도시이므로, 도착해서 인터넷을 사용할 수 있게 되면 에어비앤비와 같은 앱을 통해 도시 외곽의 한적한 숙소를 예약할 수 있을 것 같았다.

　오후 4시.

　선내의 스피커가 울렸고, 배에서는 다시 한 번 예정에 없던 회의가 열렸다.

　사람들이 모이자 익스페디션 리더인 스티븐이 이야기를 시작했다.

　"우리의 배가 도착 예정이었던 아르헨티나의 도시 푸에르토 마드린 시장으로부터 연락을 받았습니다."

　바이러스 소식에, 남극 여행의 중지 소식에 우울해하던 사람들이 다시 고개를 들어 스티븐의 입을 바라보았다. 스티븐은 잠시 쉬었다가 이야기했다.

"우리의 배는 푸에르토 마드린에 입항을 거절당했습니다."

순간 내 귀를 의심했다.

하지만 내가 지금 들은 모든 단어들이 머릿속에서 또박또박 메아리치고 있었다.

"The mayer of Puerto Madryn denied disembarkation of our ship…."

'입항 거절'

우리의 배는 해당하는 날짜에 아르헨티나의 우수아이아를 출항하여, 푸에르토 마드린에 귀항하기로 이미 2년 전부터 예정되어 있었는데…. 우리는 우수아이아를 떠난 이후 어떤 외부 사람과도 접촉한 적이 없었다. 게다가 아르헨티나를 출발하여 다른 나라를 돌아다니다 온 것도 아니었다. 아르헨티나를 떠난 후 다른 나라의 출입국을 통과하지도 않았고, 남극에 들렀다가 다시 아르헨티나로 돌아오는 배였다. 그런데 입항 거절이라니.

도대체 세상에는 지금 무슨 일이 벌어지고 있는 건가.

| 뱃머리를 돌려 땅끝 마을로

푸에르토 마드린으로 갈 수 없다면….

우리의 배를 멜 수 있을만한 항구가 있는 도시는 푸에르토 마드린에서 북쪽으로 1,800km 떨어진 부에노스아이레스로 가거나, 남쪽으로 1,300km 떨어진 우수아이아밖에 없다. 물론 지금과 같은 상황에 두 곳모두 우리를 받아 줄지는 모르지만.

사우스조지아에서 푸에르토 마드린을 향해 북쪽으로 달리던 우리는 방향을 바꾸었다. 푸에르토 마드린으로부터 거절을 당했으니, 우리가 출발했던 도시 우수아이아로 가는 편이 나을 것 같았다. 수도 부에노스아이레스가 아닌 우수아이아로 가기로 했던 것에는 세 가지 이유가 있었다.

먼저, 지금 위치에서 전속력으로 항해한다고 해도 부에노스아이레스까지는 약 4일 이상이 소요된다. 하지만 우수아이아는 2-3일 정도면 도착할 수 있다. 세계적으로 상황이 급변하고 있으니 하루 빨리 육지에 도착하는 편이 유리할 것이라고 판단했다.

두 번째는, 우리 배가 우수아이아에서 출항했기 때문에 우리를 받아줄 가능성도 우수아이아가 더 높다고 보았다. 우수아이아를 떠난 이후로 우리는 다른 나라에 입국을 하지 않았고, 외부 사람을 접촉한 적도 없이 남극권에만 머물렀기 때문에 가능하면 조금이라도 입항 가능성이 높은 곳으로 돌아가고자 했다.

세 번째는, 우수아이아에는 아르헨티나의 수도 부에노스아이레스로 가는 비행기 편이 있기 때문에, 지금 크루즈에 있는 승객들이 그 항공편을 이용해 자신들의 본국(호주, 미국…)으로 돌아가는 것 역시 별 문제가 없을 것이라고 판단했다.

그래서 우리는 뱃머리를 서쪽으로 틀었다.

푸에르토 마드린에서 거절이라니….

내가 처한 상황이 급할수록, 그리고 나에게 마땅한 선택지가 없어 아쉬운 때일수록 현실은 더 아프게 다가왔다. 사실 납득할만한 거절의 이유도 알지 못했다.

뉴스나 인터넷이라도 접할 수 있다면 좋겠지만, 안타깝게도 우리의 위치는 남극권 바다 한가운데였다. 정보의 단절로 인해 앞으로의 계획을 세우기가 막막한 상황이었다. 탐험 팀과 선장의 경우 배에 있는 위성 인터넷 수신 장치로 매우 느리지만 세상의 소식을 접할 수 있었고, 그들을 통해 전해 듣는 것이 나에게는 유일한 세상 소식이었다.

급한 사정이 있는 경우에는 미화 20달러(약 23,000원)로 인터넷 30분 이용권을 살 수는 있었다. 그래서 한 번은 배에서 30분 동안 인터넷을 사용해봤는데, 속도가 너무 느린 나머지 이메일 계정에 접속하는 데 25분이 걸렸고, 결국 30분 동안 이메일 하나(또는 두 개)를 간신히 열어볼까 말까 한 수준이었다. 결국 우리의 유일한 정보 창구는 탐험 팀에서 알려주는 제한적인 소식뿐이었다.

이틀 뒤에 우수아이아에 도착한다면 그곳에서 어떻게 지낼지 생각하며 오전을 보냈다.

남극행 배를 타기 전에 며칠 머물렀던 우수아이아의 조용한 집에서 최소한의 외출을 하며 바이러스가 잠잠해질 때까지 머무르는 게 가장 낫지 않을까 생각했다. 2-3달 후 바이러스가 잠잠해지면 그때 다시 여행을 시작하면 될 것 같았다. 배의 모든 사람들도 나도, 2달 정도면 이 상황이 모두 괜찮아질 거라 생각했다. 그때는 그랬다.

최대 속도로 드레이크 해협을 달리자 또 다시 배 안에는 뱃멀미로 힘들어하는 사람들이 생겨났다. 하지만 누구도 속도를 늦춰달라고 요구하거나 자신의 몸 상태가 좋지 않다는 이야기를 공개적인 자리에서 하지는 않았다.

그리고 배는 하루를 꼬박 달렸다. 어제까지 지도상에서 북쪽으로 향하던 배의 항적이 오늘은 눈에 띄게 서쪽으로 향하고 있었다. 이제는 하루이틀을 더 가면 우수아이아에 도착할 수 있을 거리였다.

| 다시 배를 돌려 부에노스아이레스로

북남미의 여러 나라에서 국경을 폐쇄하고 있거나 예정이라는 소식이 들려왔다.

우리의 목표는 분명했다.

전속력으로 남극권을 빠져나가 다시 세상으로 돌아가는 것.

공항이나 항구가 셧다운 되기 전에 육지에 내리는 것.

그리고 사랑하는 사람들이 있는 안전한 곳으로 돌아가는 것.

우수아이아 항구 측과 연락하니 약간의 문제가 있었다. 현재 우수아이아에는 입항을 허가받기 위해 12척의 배가 기다리고 있다고 했다. 우리는 하루나 이틀을 더 가야 우수아이아에 도달할 수 있으니, 우리가 도착할 즈음엔 더 많은 배가 대기를 하고 있을 수도 있었다.

우수아이아까지 앞으로 하루나 이틀이 더 소요될 테고, 입항을 위해 바다 위에서 며칠을 대기하면 어림잡아 4일 후에나 육지를 밟을 수 있다. 물론 우수아이아에서 우리를 받아준다면 말이다. 그리고 대부분의 사람들은 그 후에 부에노스아이레스 공항으로 가야 한다.

결국 우수아이아를 통해 부에노스아이레스로 가는 방법은 지금부터 대략 5일 정도가 걸린다는 계산이 나왔다. 만일 우리가 지금 바다 위에서 방향을 틀어 최고 속도로 부에노스아이레스로 간다면 3~4일 정도면 갈 수 있는 거리였다.

결국 우리는 다시 목적지를 변경했다. 우수아이아가 아닌 부에노스아이레스로 향해 가기로 했다. 리더 스티븐은 사람들에게 부에노스아이레스 측에도 연락을 하였으며, 우리 배가 그곳으로 가도 좋다는 긍정적인 연락을 받았다고 알렸다. 배 안에서는 부에노스아이레스로 가는 것이 우수아이아로 가는 것보다 낫다며 반기는 사람들도 있었다. 어차피 모두들 고국으로 돌아갈 때는 아르헨티나의 수도인 부에노스아이레스 공항에서 비행기를 타야 하므로, 우수아이아에서 부에노스아이레스로 가기 위해 비행기를 한 번 더 타야 하는 수고를 덜 수 있기 때문이었다.

서쪽(우수아이아)으로 향하던 뱃머리는 다시 북쪽(부에노스아이레스)으로 향했다. 아르헨티나 푸에르토 마드린 시장으로부터 입항 거절을 당하고 우수아이아를 향해 항해한 지 23시간 만이었다.

부에노스아이레스(Buenos Aires, '좋은 공기'라는 의미).

그 이름처럼 지금의 불안함과 초조함을 덜어줄 수 있는 상큼한 바람이 불었으면….

| 데킬라로 부탁해

2020년 3월 18일.

남극 여행 중단 후 배에서 격리 4일째.

격리가 시작된 후부터 아침 8시쯤이면 두 청년, 페르난도와 아리엘이 방문을 두드렸다. 온두라스(Honduras)와 니카라과(Nicaragua)에서 왔다는 두 친구는 매일 아침 커다란 물통을 가지고 다니며 방마다 노크를 했다. 배 안의 숙소와 음식을 담당하는 호텔 팀 소속이었다. 문을 열어 방 안에 있던 물병을 건네주면, 물병에 식수를 가득 채워 주었다.

문을 여는 아침마다 둘은 언제나 신이 나 있다.

첫날은 "어디서 왔어?" "이름이 뭐야?" "몇 살이니?"와 같은 '처음 만난 외국인 3종 질문세트'를 묻더니 날이 지날수록, 조금씩 친해질수록 조금 더 개인적인 질문들도 했다. 오늘은 일출을 보았냐고 물어본다. 자느라 못 봤다고 했더니, 휴대폰을 꺼내어 자신이 아침에 찍은 일출을 보여준다. 오늘은 일출이 너무나 멋있었다며.

내가 건네준 물병을 받고는 웃으며 내게 묻는다.

"어떤 걸로 줄까? 따뜻한 물? 찬 물? 와인? 보드카?"

통 안에는 물밖에 없으면서. 이 친구들이 그냥 장난치는 거라는 것을 알면서, 나도 응수한다.

"기왕이면 데킬라!"

"오우!!! 데킬라. 그건 내일 가져다줄게!"

물론 내일도 데킬라를 가져다 줄 리 없다. 그저 배 안에 갇힌 우리들끼리의 희망 섞인 장난일 뿐이다. 하지만 아침마다 나에게 어린아이처럼 반겨주는 누군가를 보며 잠시 나도 복잡한 생각을 잊어본다. 잠시….

중남미를 여행한 지 반년이 넘었을 때 누군가 그랬다.

"왜 이곳 사람들은 마치 오늘이 삶의 마지막 날인 것처럼 즐기며 사는지 알아? 왜냐하면 정치도, 경제도, 치안도 모든 게 불안해서야. 미래가 불투명하기 때문이라고. 암울하고 희망이 없어서라고. 그래서 할 수 있는 가장 좋은 일은 지금 당장, 오늘을 행복하게 사는 거지. 그래서 지금을 즐기는 게 버릇이 된 거라고."

이제는 빈 종이쪼가리보다도 가치가 없어진 자국의 돈뭉치를 가방에서 꺼내어 길거리에 늘어놓고, 그 지폐 위에 그림을 그려서 지나가는 사람에게 그림을 팔고 있던 누군가를 보며 친구가 했던 말이었다.

바람 붙던 중남미 어느 곳에서 그 친구가 했던 말이 오늘따라 자꾸만 떠올랐다.

| 배 안의 모든 승객은 객실 내에서 격리하라

아침 식사가 끝난 후 9시 반.

방문 틈 아래로 서류가 하나 들어와 있었다.

지난 한 달간 방문했던 나라와 입출국일을 서류에 적고 점심 식사 전까지 리셉션에 제출하라고 했다. 부에노스아이레스에 입항을 허가받기 위해서 크루즈 탑승자의 건강상태 및 출입국 정보를 제출하고 확인받아야 했기 때문이다. 내 경우엔 남극행 배에 탑승하기 한 달반 전부터 아르헨티나를 여행하고 있었기 때문에, 지난 30일 동안 방문한 나라는 아르헨티나밖에 없었다.

방 안에서 서류를 작성했다.

아르헨티나 정부는 우리 배가 부에노스아이레스에 입항하기 전까지, 배 안의 모든 승객이 객실에서 격리할 것을 요구했다. 그래서 오늘부터 객실 내에서 격리 생활을 해야 했다. 서류도 방 안에서 작성하여 방문 밖에 내놓으면 스태프들이 수거해갔다. 회의실, 갑판, 복도와 같은 배 안의 모든 공용 공간에도 다닐 수 없었고, 식당에도 갈 수 없었기에 모든 식사와 음료도 방으로 배달되었다.

남미에서 출발하여 남극을 향해 드레이크 해협을 건널 때, 리더 스티븐이 했던 이야기가 떠올랐다. 만약 파도가 극도로 험해져서 배 안의 사람들이 위험하다고 판단이 되면, 그때는 승객들을 방 안에 머무르게 하고 식사도 방으로 배달한다고 했던…. 적어도 우리가 이 배에 있는 동안에는 그런 일은 생기지 않았으면 좋겠다고 생각했었다. 하지만 남극에서 남미로 되돌아가는 드레이크 해협에서, 결국 우리는 방 안에서 격리 생활을 하는 처지가 되었다. 음식도 방 안으로 배달되었고, 모든 출입이 통제되었다. 예상했던 험한 파도 때문이 아닌 다른 이유 때문에. 차라리 이 상황이 이곳을 벗어만 나면 곧 잠잠해질, 파도 때문이었으면 더 나았으련만.

　방을 벗어날 수 있는 유일한 시간은 하루에 두 번(오전 30분, 오후 45분) 산책 시간이었다.

　조디악 랜딩을 하듯 승객을 네 팀(레드, 블루, 옐로, 그린)으로 나누어, 한 번에 한 그룹씩만 산책을 할 수 있었고, 한 그룹의 산책 시간이 끝나면 10분 후부터 다음 그룹이 산책을 할 수 있었다. 물론 산책이라 해도 우리가 탄 배 위의 수십 미터 공간을 걷는 것이 전부였지만. 세상에 무슨 일들이 벌어지고 있는지도 모른 채, 세 평 남짓 방 안에서 상상의 나래를 펴는 것보다는 잠시라도 바람을 쐬며 바다 너머 수평선을 보는 편이 마음이 편했다.

　무엇인가를 해야만 할 것 같은 생각은 드는데, 실제로 할 수 있는 것은 아무것도 없었다.

| 바다 한가운데에서 친구에게 문자메시지를 보내다

배는 전속력으로 드레이크 해협을 건너고 있었다.

우리가 탄 배는 3-4천 명씩 승객을 태우는 크루즈가 아니었다. 최대 승객 198명이 탈 수 있는 작은 규모의 내빙선(수면의 얼음이나 빙산에 부딪쳐도 견뎌낼 수 있는 단단한 배)이었다. 그나마 다행인 것은 배의 규모는 작지만 현재 남극에서 활동 중인 가장 튼튼한 배 중의 하나라는 것이었다. 배가 작고 승객의 수가 많지 않아 랜딩을 하고 야외활동을 하는 것은 좋았지만, 반면에 작은 배일수록 바람과 파도에 따른 흔들림도 심했다. 가로 20미터, 세로 100미터 가량의 크지 않은 내빙선이 비상엔진까지 모두 가동시켜 드레이크 해협을 달리자 승객들은 다시 고생하기 시작했다. 배의 울렁임으로 인한 컨디션 저하에 음식에 손을 대지 못하고, 방 안에 누워만 있는 사람들이 늘어갔다.

객실 안에서 누워 있다가 지금 할 수 있는 일이 하나 떠올랐다.

우리 배는 사우스조지아 섬에서 푸에르토 마드린을 향해 하루를 달렸고, 입항 거절 연락을 받고 다시 우수아이아를 향해 하루를 항해했다. 그렇다면 지금 우리가 탄 배는 아마도 영국령 포클랜드 섬에서 멀지 않은 위치에 있을 수도 있다는 생각이 들었다. 포클랜드 섬에는 약 3,500명 정도의 거주민이 살고 있으니, 아마도 셀룰러 기지국이 설치되어 있을 것이다. 그리고 산간지역이나 섬과 같은 외진 지역에는 도심지(3-4km)보다 셀 커버리지가 넓어 수십 킬로미터를 커버하는 기지국이 설치되어 있을 듯했다.

그동안 남극에 있으면서 꺼두었던 휴대폰의 셀룰러 옵션을 켜두었다.

잠시라도 휴대폰에 기지국 신호가 잡혔을 때 단문 메시지(SMS)가 전송될 수 있다면 내가 처한 상황을 알릴 수 있을 것 같았다. 그리고 지금 상황에 어떻게든 날 도와줄 수 있을 것 같은 친구, 적수의 휴대폰 번호로 문자를 적어 보냈다. 잘 전달될 수 있을지 모르지만. 다만 5분이라도 이 휴대폰이 기지국 시그널을 잡는다면, 이 문자가 전송되기를 바라면서.

| 호주 정부에서 자국민을 위해 전세기 협상 중

3월 19일. 오전 10시 반.

길고 중요한 메시지를 전달할 테니 모두 펜과 수첩을 준비하고 집중해 달라는 방송이 나왔다.

그리고는 곧이어 코로나 사태로 인해 남미에 고립된 뉴질랜드, 호주 국민들을 위해 호주 정부에서 전세기를 마련하려고 협상 중이라는 소식을 알려주었다. 이 전세기는 부에노스아이레스에서 시드니로 향할 예정이며, 일인당 금액은 미화 2,500불 수준일 것이라고 했다. 그리고 호주 입국비자가 있는 몇몇 다른 국가의 사람들도 태울 수 있는지 호주 당국과 이야기 중이라는 안내가 나왔다.

한국인인 우리에게는 해당사항이 없는 소식이었지만, 이 배는 호주 여행사의 선박이었기에 승객의 70% 정도가 호주, 뉴질랜드에서 오신 분들이었다. 그런 이유로 배에서의 하선 안내는 어느 정도 호주, 뉴질랜드 분들에게 초점이 맞춰져 있었다. 어쨌거나 같이 탐험을 했던 다른 분들이 안전하게 돌아갈 수 있는 방안이 마련될 수 있다는 것은 반가운 소식이었다.

또 하나 좋은 소식.

며칠간 방에서 격리한 후로 배 안에 기침을 하는 승객이 눈에 띄게 줄었다. 아침저녁으로 의사가 방마다 돌면서 체온측정을 하는데, 열이 나는 승객들이 거의 사라진 관계로 이제는 야외 산책시간의 제한도 없어졌다. 비록 넓은 배는 아니지만 적어도 배 안에서는 마음껏 돌아다닐 수 있으니 다행이었다.

배는 남극권을 벗어나 북쪽 방향을 향해 며칠을 달렸다. 이제 더 이상 남극의 추운 바람은 느껴지지 않았다. 어제부터는 뺨에 스치는 바람의 온도가 확연히 다르다. 어제는 낮 기온 12도, 오늘은 20도.

오늘 밤 12시면 부에노스아이레스 근처 바다에 도착할 예정이다. 그리고 그곳에서 닻을 내린 후, 부에노스아이레스 측과 입항 절차에 대해 이야기를 할 것이다. 배 안의 사람들은 서로 헤어질 날이 다가오고 있다며, 그동안 배에서 친하게 지냈던 사람들과 연락처를 주고받았다.

그나저나 우리는 하선할 수 있을까.

| 부에노스아이레스 입항 허가를 기다리며

배는 부에노스아이레스 근방의 바다에 서있었다.

이제는 배 안에서 네트워크에 접속하면, 휴대폰으로 와츠앱 메신저를 사용할 수 있었다. 배에서는 적어도 승객들이 가족이나 지인들에게 자신들이 처한 소식을 전달할 수 있도록 배 안에 있는 네트워크를 열어주었다. 해외에서 많이 사용하는 와츠앱(Whatsapp) 메시지 앱을 사용해서만 메시지 전달이 가능했고, 우리에게 익숙한 카톡이나 라인과 같은 것들은 사용이 불가능했다. 배 안의 여러 사람들이 제한된 통신 시스템을 함께 사용하게끔 하기 위한 조치였다.

안타깝게도 주변 한국 사람들 중에 와츠앱에 등록되어 있는 사람은 거의 없었다. 카카오톡이나 라인 메신저가 되면 좋으련만. 어마어마하게 느린 네트워크 속도로 사진 전송은 꿈도 못꾸었지만 그래도 텍스트로 안부를 보내는 것은 가능했다. 메시지를 보내면 전송되는 데 몇 분, 때로는 몇 시간이 걸린 적이 있다 해도 적어도 가족과 친구에게 내가 처한 상황을 알릴 수는 있었다.

인터넷 서핑을 할 수 없는 나를 위해 친구들이 하루에 한두 번씩 세상소식을 요약해서 메시지로 전해주었다. 그리고 주 아르헨티나 한국대사관에서도 우리의 안부를 묻는 메시지를 보내주셔서, 대사관 직원분에게 배 안의 상황 전달이 가능해졌다. 우리가 남극 출발 전 주 아르헨티나 한국대사관에 연락을 해서 우리의 남극 방문 일정과 내용을 전달했기 때문인지 영사님은 배의 상황을 어느 정도 파악하고 계셨다.

배는 여전히 닻을 내린 채 바다에 떠있었다. 우리가 떠있는 위치에서 몇 킬로미터 밖에 몇 척의 배가 더 있는 것이 보였다. 아마도 우리보다 먼저 (혹은 비슷하게) 도착해서 부에노스아이레스에 입항을 기다리는 배인 것 같았다.

일주일 전까지만 해도 주변에 빙하와 펭귄뿐이었지만 이 근처에 우리 말고 다른 사람들도 있는 것을 확인하자, 적어도 이제는 세상으로 통하는 문 앞에 우리가 섰다는 안도감이 들었다. 그리고 저 바다에 서있는 배들도 우리와 같은 처지이고 심정일거라는 동병상련도….

다시 하루가 지났다.

여전히 부에노스아이레스로부터 입항 허가를 기다리고 있다.

계속 바다 위.

| 세 번째 입항 거절

3월 20일.

남미의 국가들은 빠르게 국경을 봉쇄하고 있었다. 현재 상황에서 아무런 진전이 없는 상태로 배가 이틀간 바다 위에 머무르자, 사람들 사이에서는 불만의 목소리가 나오기 시작했다.

배에 탄 승객 중 70%는 호주, 뉴질랜드 사람들이었다. 우리 배가 부에노스아이레스에서 입항을 기다리고 있는 이유는, 호주 정부에서 논의 중인 전세기의 출발지가 바로 이곳이기 때문이다. 반면 호주, 뉴질랜드 국적이 아닌 나머지 30% 승객들은 반드시 부에노스아이레스에 하선할 필요는 없었다. 어느 곳이든 하선만 가능하다면 그들은 그곳에서 자신들의 나라로 향하는 항공편을 탈 수 있는 상황이었다. 또한 브라질이나 우루과이와 같은 주변국은 아직 국경 봉쇄를 하지 않아 입항이 가능한 상황이었다. 아직 일정이 확정되지 않고 계속 논의 상태인 호주 전세기를 위해 부에노스아이레스에서 시간을 허비함으로써, 오히려 다른 국가 사람들은 자신들의 하선이 가능한 황금 시간대를 놓치고 있는 건 아니냐는 불만의 목소리였다.

개인의 의견보다 단체의 결정을 존중하는 것을 미덕으로 생각해왔던 나는 비교적 조용하게 있으면서 배의 결정을 따르려 했다. 하지만 유럽 등지에서 온 승객들은 회의를 마칠 때마다 이에 대해 강하게 불만을 표출하였고, 회의가 끝날 무렵 질의 시간에는 서로간의 언성이 높아지곤 했다.

이 상황이 어떻게 전개될지 모르겠지만, 적어도 일부에서는 배의 결정에 의심과 불만이 있다는 것은 확실했다. 대부분의 사람들은 아니었지만, 일부에서는 서로를 비난하는 분위기가 지속되었다.

그리고 오후 6시.

기다리던 부에노스아이레스로부터 소식이 들려왔다.

입. 항. 거. 절.

포클랜드 섬.

푸에르토 마드린.

부에노스아이레스.

지난 며칠 서로 다른 곳에서 우리는 세 번의 입항을 거절당했다.

이미 배 안의 몇몇 사람들은 서로에게 공격적이기 시작했다. 호주 말고 다른 국가 사람들을 위한 계획은 있는 건지, 호주 전세기를 태우는 것 말고 다른 해결 방안도 생각은 하고 있는지, 무조건 호주 승객들만 생각하다보니 다른 국가 사람들을 하선시킬 황금 시간대를 놓친 건 아닌지 등등 몇몇 사람들은 회의 시간에 노골적으로 익스페디션 팀의 상황대처에 불만을 표시했다.

하지만 그래도 변치 않는 상황은 지금 우린 다른 곳을 찾아야만 하고, 떠나야만 한다는 것이었다.

어디든 우리를 받아주는 곳으로.

| 이번엔 우루과이의 수도 몬테비데오를 향하여

아르헨티나 우수아이아에서 출발하여 푸에르토 마드린으로 귀항하는 것으로 2년 전부터 우리 배의 항로는 예정되어 있었지만, 이제 그런 것은 소용이 없었다. 전례 없는 유행병이 퍼지는 상황에 각 나라들은 국경을 꼭 닫았다.

사태 초반 코로나 환자가 있던 유람선을 일본정부가 요코하마에 하선을 금지함으로써 선내 확진자가 급증했고, 이로 인해 총 705명이 감염되고 6명이 사망했던 '다이아몬드 프린세스 호' 사태 이후로 각국은 가장 먼저 크루즈의 입항을 금지시켰다. 그 사건 이후로 크루즈 선은 코로나 확진자의 유무에 상관없이 기피의 대상이었고, 입항거부 1순위였다.

부에노스아이레스로부터 또 한 번의 거절을 당한 우리는 차선책으로 아르헨티나의 인접국가 우루과이로 향했다. 사우스조지아에서 바이러스로 인해 변한 세상 소식을 접했을 때, 우리는 적잖이 당혹했다. 살면서 단 한 번도 본 적 없는 '예상치 못한 전개'에 당혹해했고, 이런 일이 벌어지고 있었음에도 우리는 전혀 모르고 있었다는 점에서도 그러했다. 우리는 빨리 되돌아가면 문제는 없으리라 생각했다. 이렇게 계속 '거절'당하며 환영받지 못할 신세가 되리라고는 예상치 못했었다. 갑판 위에서 만나면 우린 여전히 서로 웃으며 안부를 물었지만, 시간이 지날수록 말없이 먼 바다를 바라보는 사람들이 늘어갔다.

늦은 밤, 움직이던 배가 바다에 멈추었다. 바다 건너편에는 밤하늘을 비추는 도시의 불빛이 뿌옇게 보였다. 도시였다. 하얀 대륙에서 지구상에서 가장 험한 바다를 전속력으로 건넜고, 우리의 배는 이제 금방이라도 닿을 듯한 어느 도시의 앞 바닷가에 와있었다.

우루과이의 수도 몬테비데오(Montevideo)였다.

지구상에서 대한민국과 가장 멀리 떨어진 나라였고, 지구상에서 정확

하게 대한민국의 대척점에 있는 도시였다. 이곳 앞바다에서 지구의 중심방향으로 땅을 파면 대한민국이 나온다는 그곳.

　우리 배는 그 앞바다에 섰다. 새로운 밤을 보냈다.

| 미국으로 향하던 코랄 프린세스 호

머칠 전 우리보다 먼저 부에노스아이레스에 도착했던 배가 있었다. 우리 배는 최대 승객 198명을 태울 수 있는데 반해, 이 배는 2,400명을 수용할 수 있는 대규모 크루즈 배였다.

코랄 프린세스(Coral Princess) 호.

코랄 프린세스 호는 예정대로 부에노스아이레스에 도착했다. 하지만 부에노스아이레스는 이 배에서 자국(아르헨티나) 국적의 승객 42명의 하선만을 허락하고, 나머지 1,720명의 입국을 거절했다. 도착지에서 받아주지 않자 코랄 프린세스 호는 어쩔 수 없이 배를 돌려야 했고, 승객들을 싣고 고스란히 자신들의 출발지인 미국으로 되돌아가기로 결정했다. 코랄 프린세스 호가 미국으로 향할 것이라는 소식을 듣고 우리 배에서도 그들과 연락을 했다. 우리 배에 있는 미국, 캐나다 승객을 함께 태우고 미국으로 떠날 수 있는지를 요청하기 위해서였다.

그날 밤.

우리 배에 있던 10여명의 미국, 캐나다 승객들은 미국으로 향하는 코랄 프린세스 호로 옮겨 타기 위해 짐을 챙겼다. 캐나다인이었던 익스페디션 리더 스티븐은 승객들에게 이 소식을 전할 때 'We'라는 표현을 사용함으로써 자신도 떠날 것임을 암시했다. 그동안 탐험의 대부분을 이끌어왔던 스티븐이었기 때문에, 일부 사람들은 손을 들고 이에 대해 다시 한 번 질문했다. 그러자 스티븐은 자신도 다음날 아침 6시 반에 떠날 것이라고 확인시켜주었다. 예상치 못했던 일로 바다 위에 고립되었을 때, 가장 먼저 배를 떠나는 명단에 우리의 리더가 포함되어 있다는 소식

에 사람들 일부는 놀란 표정이었고, 일부는 이해한다며 축하해주었다.

다음날 아침 8시. 아침 방송이 흘러 나왔다.

여느 날과 같이 리더 스티븐의 목소리였다. 잠결에 방송을 들으며 생각했다.

'어, 아직 이 배에 있네? 코랄 프린세스 호에 탑승하지 못했나?'

예정대로라면 새벽에 떠났어야 할 스티븐이었는데, 아침 방송을 하고 있는 걸 보면 떠나지 못한 게 분명했다. 코랄 프린세스 호 측에서 우리 배의 승객이 합류하는 것을 거절했다고 했다. 남극 탐험활동 기간 동안 우리 배의 의무기록에 고열과 기침을 했던 환자들이 있어서 (코로나로 의심받아) 코랄 프린세스 호에서 탑승을 거절했다고 했다. 결국 리더 스티븐을 포함한 10여명의 사람들도 계속 배에 남아 있게 되었다.

부에노스아이레스에서 아르헨티나 승객만 내려주고 떠나야만 했던 코랄 프린세스 호는 떠나가는 길에 우루과이 측에 배의 식량과 연료 보충을 요청했다. 우루과이는 인도적인 차원에서 그들에게 식량과 연료를 제공해주었다. 코랄 프린세스 호는 우루과이를 떠나는 날 우리 배의 근처에 배를 멈추었다. 그리고 바다 위에 10미터 정도 길이의 보트를 띄우고, 보트에 물품을 실어 우리의 배로 보냈다.

식량이었다!!

식량이 고갈되고 있던 것을 걱정하던 인도네시아 출신 주방장과 배에 다시 남게 된 리더는 앞으로 2-3주는 더 버틸 수 있는 식량을 지원받았다며 안도했다.

바다 위에서 식량을 싣고 다가오는 보트를 보며 감사함과 안타까움 속에서 희망을 느껴보려 애썼다.

하지만 우리에게 소중한 식량을 지원해주고 미국을 향해 떠나간 코랄 프린세스 호는 미국으로 향해가던 중 **12명의 코로나 바이러스 확진자가 발생하였고, 그 중 2명은 사망하였다.**

| 배 안의 갈등과 또 다른 목소리

우리는 여전히 우루과이 수도 몬테비데오 앞바다에 있었다.

우리 옆을 지나간 코랄 프린세스 호의 지원으로 당분간 식량은 마련했다. 하지만 어제부터 배의 화장실이나 샤워시설에 물이 제대로 공급되지 않았다.

바다 위에 오래 떠있어야 하는 선박의 경우 바닷물을 정화하여 씻거나 마실 수 있도록 물을 변환시키는 담수화 과정을 거친다. 역삼투압 필터로 물에서 소금을 제거한 후에, 엔진에서 나오는 열을 이용하여 이를 증발시켜서 물을 얻는다. 배가 며칠 서있는 동안 이 증발기(evaporator)가 고장이 났고, 이로 인해 배에 물이 부족해졌다. 식수 이외의 물 사용을 최소화하고 있었다. 그래도 식수는 있으니, 샤워나 변기 사용 등을 최소화하며 생활해야 했다.

한국에 있는 친구를 통해 COVID-19 관련 우루과이 대사관의 출입국 관련 공지사항을 전달받았다. 안타깝게도 가장 첫줄에 적혀있는 내용이 바로 '크루즈 입항 금지'였다.

어쩌면…. 아니 이대로라면 우루과이로의 입항도 어려울 수 있을 것 같다는 생각이 들었다. 게다가 우리 배는 아르헨티나에서 출항하여 아르헨티나로 귀항하기로 되어 있었고, 우루과이는 애초 우리의 예정에도 없던 곳이었다.

우루과이 앞바다에 온 지 이틀째가 지나고 있었지만, 우리가 직면한 상황은 진전이 없었다.

현재 이 주변에서 입항을 받아주는 곳은 브라질이었다. 배에 함께 타

고 있는 프랑스 친구 싸라는 우리의 배가 이곳에서 계속 무언가를 기다리고 있는 것을 답답해했다. 그녀는 자신의 나라 프랑스 대사관으로부터 며칠 전부터 계속 "브라질로 가라"는 조언을 들었다고 했다. 당시 브라질은 (아르헨티나, 우루과이와 달리) 외국인의 입국도 가능했고, 브라질 상파울루 공항은 우루과이보다 훨씬 다양한 루트로의 국제선 항공기가 여전히 다니고 있었기 때문이었다.

 싸라는 회의 시간에도 공개적으로 의견을 제시했지만, 배에서는 브라질에 가는 것을 가장 마지막 옵션으로 생각하고 있다고 대답했다. 그 사이에 다른 배들은 브라질로 향하고 있고, 우리는 계속 상황 대처에 뒤처지고 있다는 것이 그녀의 생각이었다.

뒤돌아보면 브라질은 실제로 이 날로부터 9일이 지난 후에야 외국인 입국을 금지했으므로, 그 당시 우리가 브라질로 향했다면 브라질 입국이 가능했을 것이다. 하지만 배에서는 승객의 70%가량이 호주, 뉴질랜드 사람들이라는 점을 더 고려하는 듯했다. 호주 정부는 현재 우리 배에 있는 호주, 뉴질랜드 인들을 시드니까지 태우고 갈 전세기를 협상하고 있었고, 그 전세기는 부에노스아이레스나 우루과이에서 출발할 예정이었다. 또한 그 전세기에 함께 탈 다른 호주인들을 태운 또 다른 배한 척 그렉 모티머(Greg Mortimer) 호가 이 근처로 오고 있는 것도 또 다른 이유였다.

반면에 유럽이나 미주, 아시아에서 온 승객들은 이로 인해 자신들의 하선 기회마저 놓치고 있다고 여겼다. 별다른 진척이 없이 계속 바다 위에 떠서 기다리는 시간이 길어지자 배 내부에서는 불만의 목소리가 계속 높아져만 갔다.

| 출국 티켓이 있다면 하선할 수 있다

3월 21일. 배에서는 계속 우루과이 몬테비데오 측과 하선 협상을 진행했다.

여전히 배의 입항은 허락되지 않았다.

하지만 작은 진전이 하나 있었다.

우루과이는 우리 배의 입항을 허가해주지는 않았지만, 인도주의적인 배려로 우리 배에 본국으로 가는 항공 티켓을 가진 승객은 하선 후 경찰

차로 공항(출국장)까지 데려다 주겠다는 것을 허락해 주었다. 조건부이기는 했지만 그래도 하선이 완전 불가능한 것은 아니라는 의미였고, 코로나 사태 이후로 계속 거절만 당했던 우리의 상황을 돌아보면 이것은 분명 진척이었다.

'우루과이를 떠나는 출국 티켓이 있다면 하선할 수 있다.'

그렇다면 이제 필요한 것은 한국행 비행기 티켓이었다.

오후 회의에는 몬테비데오에 하선할 수 있는 방법에 대해 이야기했다.

승객 160명. 익스페디션 멤버 23명.

그 중 130명은 호주, 뉴질랜드 사람으로 전세기가 확정되면 시드니행 전세기를 탈 예정이며, 나머지 인원은 본국으로 돌아가는 티켓을 구하여 몬테비데오에 하선하자는 내용이었다.

회의를 마치기 전, 리더 스티븐은 모든 사람들 앞에서 래리(Larry)를 소개했다. 승객 중 한 명인 래리는 호주에서 여행사를 운영하고 있다고 했다. 그래서 첫 번째로 호주 전세기를 탑승하지 않는 다른 나라 국적의 승객들이 타고 갈 수 있는 항공권을 자신이 알아봐주겠다고 했다. 래리는 자신이 여행사를 운영하고 있기 때문에, 우리가 개인적으로 티켓을 구하는 것보다 저렴하게 구할 수 있다고 했다.

두 번째로 래리는 사람들에게 약 50명의 비 호주권 승객들이 스스로 항공권을 검색해보는 것을 멈추어 달라고 했다. 50명 정도의 사람들이 한꺼번에 항공권 검색 사이트에 접속해서 몬테비데오를 떠나는 항공표를 조회하면 항공권의 가격이 올라갈 테니, 자신의 표를 사기 위해 티켓의 가격을 올리는 이기적인 행동을 하지 말아달라고 했다. 그리고 자신이 모든 사람에게 가장 좋은 표를 내일까지 끊어주겠다고 했다.

산술적으로 승객 한 명의 티켓에 30분을 투자한다고 해도, 48명의 티켓을 끊으려면 24시간이 필요한데 정말 그가 하루만에 50명분의 최적화된 표를 끊을 수 있을지, 혼자서 모든 사람들에게 최적의 루트로 가는 항공권을 구해줄 수 있을지 의심이 들기는 했다. 하지만 개인의 표를 끊기 위해 이기적인 행동을 하지 말라는 이야기가 마음에 걸렸다. 그래서 일단은 나도 검색을 하지 않고, 래리가 구해주는 표를 받기로 했다.

| 세상은 문을 닫고 있다

3월 22일.

누구도 예상치 못했던 팬데믹(Pandemic)에 세상은 혼란스러워 보였다. 전 세계적으로 확진자는 계속해서 증가하고 있었고 줄어들 기미조차 보이지 않았다. 한국은 신천지 사태 이후 바이러스의 확산을 안정적으로 제어하고 있었지만, 다른 곳은 그렇지 않았다. 검사 건수를 최대한 늘려 감염 예방을 했던 한국의 시도는 성공적으로 보였다. 하지만 그것은 충분한 진단 키트가 뒷받침되어야만 가능한 일이었다. 당장 진단 키트를 구하기 어려운 나라의 경우에는 도시 또는 국가적 차원에서 사람들의 이동을 제한하는 '셧다운'을 고려할 수밖에 없었다.

세상은 지금 서로에게 통하던 문을 닫고 있었다. 육로로 통하던 국경지대를 막고, 바닷길로 오는 배를 입항시키지 않는다. 상업용 비행기의 공항 사용을 금지했다. 각국 정부의 입장도 하루가 다르게 바뀌었다. 각 나라마다 서로 다른 통행 제한이 생겼고, 대부분의 나라에서 입국 상황은 수시로 변하고 있었다.

상황이 이렇다보니 예정되어 있던 비행기의 운항이 취소되는 경우가 속출했다.

그래도, 항공권을 구해야 했다.

그것만이 유일하게 바다 한가운데에서 벗어날 수 있는 방법이었고, 이곳의 고립을 벗어나 사랑하는 사람들에게 갈 수 있는 방법이었다. 우루과이에서 한국까지 가는 비행기는 적게는 2번, 보통 3-4번 정도의 환승이 필요했다. 하지만 이 중 환승해야 하는 국가에 갑자기 입국 제한 조치 같은 문제가 생기면, 비행기 운항이 취소되거나 변경되는 경우가 허다했다. 취소되는 항공권은 많았지만, 새로 생기는 노선은 드물었다.

결국 비행기 가격은 평소의 몇 갑절 이상으로 치솟았다. 비용도 만만치 않았지만, 비행기를 환승할 때마다 반나절, 심지어는 하루를 꼬박 대기해야 하는 경우도 있었다. 2-3일 동안 불특정 다수의 수천 수만명이 지나다니는 공항에 우리를 노출시켜가며 귀국하는 것도 왠지 불안해보였다. 혹시라도 가능하다면 우루과이나 아르헨티나의 조용한 산골마을에서 이 상황이 가라앉을 때까지 몇 개월 지낼까 생각도 해보았다. 코로나 사태가 얼마나 지속될지 예상할 수 없었기 때문에 그렇게도 생각했다. 하지만 입항 거절로 인해 어차피 우리를 받아주는 나라는 거의 없는 상황이었다.

| 어떻게든 배에서 내려야 한다

예정보다 늦은 시간에 미팅을 했다.

래리는 자신이 알아본 항공권이 인쇄된 종이를 사람들에게 나눠주었다. 그는 사람들에게 자신이 나주어 준 항공권이 괜찮은지 살펴보고 맘에 들면 알려달라고 했다. 그러면 그는 표를 구매하고, 나중에 탐험 팀에 이를 보고했다. 배에서는 이를 우루과이 출입국 사무소 측에 알려 해당 인원의 하선 일정을 조율할 것이라고 했다.

그는 가장 마지막에 내 이름을 불렀다.

티켓은 우루과이 몬테비데오 – 브라질 상파울루 – 카타르 도하 – 인천으로 가는 약 50시간 정도 소요되는 경로였다. 하지만 내 종이에는 가격도 적혀있지 않았고, 몇몇 정보가 빠져있었다. 래리에게 물어보니, 한국으로 가는 비행기는 티켓 상황이 어려워서 내일까지 더 찾아보겠다고 했다. 래리에게 알겠다고 하고 다시 방으로 와서 그의 연락을 기다렸다.

휴대폰 메신저 앱을 통해 간단한 텍스트 문자를 주고받을 수 있는 상황이 되어 한국과 미국에 있는 친구 몇 명에게 연락을 했다. 친구들은 현재 뉴스나 인터넷 등에 보고되고 있는 한국으로의 입국 상황이나 관련 정보들을 스크랩하여 문자로 알려주었다. 지금 내가 하선하는 데 필요한 정보들이었다. 예를 들면 우루과이, 아르헨티나, 브라질과 같은 주변 국들의 입출국 제한 현황이나, 일반 비행기의 통행이 아직 가능한 공항과 같은 정보들이었다. 그리고 남미를 여행하는 한국인들이 모여 있는 단체 채팅방에 접속하여, 어떠한 경로를 통해 현재 한국으로 입국을 하고 있는지의 정보들도 파악할 수 있었다.

하지만 이 모든 것도 일단 이 배에서 내려야만 시도할 수 있는 것이었다. 이 주변의 어떤 국가에서든 우리를 받아주어야만 가능한 일이었다. 남미의 여러 나라들은 서둘러 국경을 폐쇄하고, 자국 내에서도 이동을 금지하는 조치를 하고 있었다. 어떤 조치들은 낮에 발표하고, 발표한 그날 저녁부터 적용되는 등 발 빠르게 이루어졌다. 하지만 닫은 문을 다시 여는 나라는 없었다.

결국 표만 구할 수 있다면 우루과이 측에 이를 알리고 이 배에서 내리는 게 가장 급한 일이었다. 일단 땅을 밟는다면 하늘길로 가든, 육로를 통해서든 아니면 바닷길을 찾든지 방법을 찾을 수 있을 것 같았다. 하지만 배에 갇혀있는 상태에서는 그 어떤 방법도 시도해 볼 수가 없었다. 그리고 우루과이든 아르헨티나든 일단 그 나라에 입국을 해야 대한민국 대사관에 도움이라도 요청할 수 있었다.

어떻게든 이곳에서 내려야 방법을 찾을 수 있다.

| 직접 항공티켓을 알아보는 행위는 이기적 행동?

3월 23일. 또 다시 하루가 갔다.

2주간 남극 여행 후 여행 중단. 그리고 바다 위 고립생활 9일째.

총 22일 예정이었던 우리의 남극 여행은 날짜 상으로는 이미 푸에르토 마드린에 도착하여 끝이 났어야 했다. 하지만 지금은 언제 땅을 밟을 수 있을지조차 막막한 상황이 되어버렸다.

일요일임에도 불구하고 아르헨티나, 우루과이의 대한민국 대사관의 영사님이 왓츠앱 메시지로 혹시 자신들이 도와줄 것이 없는지 물어보셨다. 현재로서는 우리가 특정 국가에 하선한 것도 아니고 그저 바다 위에 고립되어 있는 상태라 특별히 도움을 요청드릴 것은 없었다. 현재 아르헨티나와 우루과이에 있는 교민들이 어떤 코스를 통해 한국으로 귀국하는지 등에 대한 이야기들도 해주셨다. 금방이라도 갈 수 있을 것 같은 바로 저 너머 땅에서 내게 연락을 주는 조국의 사람들이 있다는 사실에 뭉클했다.

래리에게서 소식이 오기를 종일 기다렸다.

오후가 되어서야 연락이 왔다. 그에게 받은 항공표는 상파울루를 출발하여 프랑크푸르트를 거쳐 서울로 가는 티켓이었다. 1인당 편도 USD 5,800(한화 7백만 원)였고, 몬테비데오에서 상파울루까지 가는 비행기 표는 추가로 구매해야 하니 1인당 편도 티켓이 800만 원 수준이었다. 어제와 오늘 우루과이 영사님께 전해들은 내용과는 경유지와 가격 면에서 많이 달랐다. 그는 이 코스는 자신이 생각하기에도 좋지 않은 것 같으니 내일 다시 한국행 비행기를 알아봐주겠다고 했다.

이렇게 래리가 알아오는 티켓만 기다리며 하루하루 시간을 보내는 것이 잘하는 것인지 불안했다. 시간이 흐를수록 더 많은 국가에서 입출국을 제한할 것이 분명한 상황에 이렇게 며칠씩 기다리는 것은 현명한 방법 같지 않았다. 차라리 한국대사관이나 지인의 도움을 받아 항공권을 직접 구매하는 편이 훨씬 나을 것 같았다. 하지만 공식적인 회의 자리에서 래리는 "직접 표를 알아보는 행위는 티켓 가격을 올리는 이기적 행동"이라는 이야기를 반복해서 했고, 나 역시도 설령 내가 조금 피해를 본다 해도 다른 이에게 피해를 주는 행동을 하고 싶지는 않았다.

싱가포르나 대만에서 온 다른 아시아 승객들 역시 상황은 비슷했다.

그들도 대사관이나 지인을 통해 알아본 것과는 경로가 많이 다른 항공권을 래리에게 받았고, 래리의 티켓은 그에 비해 가격도 두 배정도 높았다. 유럽이나 북미로 가는 승객들 역시 래리의 항공권에 문제가 없는 것은 아니었으나, 상대적으로 아시아 지역의 항공권에 문제가 심했다. 왜 굳이 자국의 대사관에서도 추천하지 않는 경로로, 훨씬 더 비싼 금액을 내고 가야 하는지 납득하기가 어려웠다. 래리는 자신이 할 수 있는 노력을 기울이고 있었지만, 아무래도 혼자서 수십 명의 케이스를 제한된 시간 내에 처리하는 것은 물리적으로 한계가 있어보였다. 반면에 승객들은 자신들의 지인이나 대사관과 연락을 취하며 소식을 듣고 있었기에, 자신들이 어떤 경로로 돌아가야 하는지에 대해 래리보다 더 많은 시간을 고민하고 있었다.

하지만 배에서는 여전히 승객들이 직접 표를 알아보는 것을 금지했다.

| 우리를 위해 일하는 사람들을 기억해주세요

　돌아가야 할 비행기 표의 가격이 평소대비 몇 갑절이나 올랐다.

　여행 시작 전 승객들은 남극에서 돌아온 후에 자신들의 나라로 돌아갈 항공권을 미리 준비해놨지만, 입항이 거절되는 바람에 비행기를 놓치고 말았다. 그리고 집으로 돌아가기 위해서는 한 사람당 적게는 수백 만 원, 많게는 천만 원에 가까운 편도 티켓을 추가적으로 구매해야 했다. 배에 혼자서 탑승한 사람도 있었지만, 가족이 함께 온 사람들도 있었다. 커플이나 가족의 경우에는 인원수만큼 금액을 마련해야 했다.

　결국 배 안의 많은 사람들은 경제적으로 어려움에 처하기 시작했다. 사람들은 당장 이 금액을 어떻게 마련할 것인지, 돌아가서 어떻게 이 손실을 메꾸어 나갈 것인지, 그리고 꼭 필요하지 않은 지출을 어떻게 줄일 수 있을지 고민했다. 이렇게 된 상황에 '돈이 문제가 아니다'라고 이야기를 하지만, 모든 순간에 있어서 돈은 그 자체로써 언제나 문제였다.

　사람들은 저마다 서로에게 완전하게 그 바닥을 드러내 보일 수 없는 스스로의 재정 문제를 고민해야 했다. 우리는 서로에게 밝힐 수도 없고, 그래서 더더욱 묻지도 않는 '그 문제'에 대해 잘 이야기하지 않았다. 하지만 누구나 '그 문제'로 스트레스를 받고 있다는 사실을 알고 있었다.

　오후 회의가 끝나갈 무렵이었다. 리더는 회의실에 모인 승객들을 보며 이야기했다.

　"혹시 누구라도 사람들에게 하고 싶은 이야기가 있는 분이 있나요?"

　그러자 회의실 중간쯤에 앉아있던 한 유럽 남자분이 손을 들었다. 10대의 딸과 함께 온 아버지였다. 마이크를 잡은 그는 천천히 이야기를 시

작했다.

"우리의 여행은 이미 끝났어야 했습니다. 그리고 지금 우리는 모두 여행을 끝내지 못하고 이렇게 모두 바다에 고립되어 있습니다. 하지만 여러분, 부디 잊지 말아주십시오. 지금도 아침저녁으로 여러분들을 위해 열심히 일하고 있는 저 사람들을. 객실을 청소하고 매일 여러분의 음식을 준비고 있는 (승무원들을 가리키며) 저 뒤의 사람들은 지금 우리들을 위해 추가근무(over-time)를 하며 일하고 있습니다. 우리들 중에 누가먼저 이 배를 나갈지, 언제 이 배에서 내릴지는 아무도 모릅니다. 하지만 여러분이 내리는 날, 리셉션에 들러서 저분들에게 추가노동의 대가(팁)를 지불하는 것을 기억해주셨으면 합니다. 부디 저들에게 관대하시고 해야 할 일을 하시기를.”

그의 말이 끝나자, 사람들은 평소보다 세게, 오래 박수를 쳤다.

우리의 배는 여행 기간 동안 숙박, 식사, 야외활동과 같은 대부분의 서비스들이 포함되어 있었다. 단, 크루즈에서 일하는 스태프를 위한 팁은 제외하고 말이다. 우리가 탄 배의 경우 승객 1인당 하루 미화 13불 정도가 권장 팁이었고, 승객들은 배에서 내리는 날 체크아웃을 할 때 자신이 머무른 날짜만큼의 팁을 지불하는 것이 에티켓이었다. 배에서 머무는 날짜가 예상보다 길어졌으니 계산할 팁도 늘었다. 물론 더 내거나, 덜 낸다 해도 그것은 승객이 결정할 문제일 뿐 의무는 아니었다.

어떻게 이곳을 빠져나가야만 하는지에 대해 이야기하던 사람들도, 왜 이 상황에서 그가 이런 이야기를 하는지를 잘 알고 있었다. 서로 간에 터놓고 말하지 못하는 ‘그 문제’로 인해 생길 수 있는 일을 그는 사람들에게 에둘러 전달했다.

우리에게도 오랜 시간 고민하고 힘들게 떠나온 여행이었다. 그런 여행에서 부끄러운 기억을 남기고 싶지 않았다. 내가 처한 어려움 때문에, 다른 이의 노력의 대가에 인색하지 말자고 스스로 생각해보았다.

| 첫 번째 하선자들

3월 24일. 남극 여행 중단 후 배에서 10일째.

또 하루가 지났다.

하지만 오늘은 큰 변화가 있었다. 아침에 눈을 떠 선실 내의 창밖을 보고는 변화를 직감했다. 창 밖에 보이는 것은 빙하와 흰 눈의 계곡도, 파도가 울렁이는 망망대해도 아니었다. 우리 배는 **빽빽한** 건물이 가득한 도시의 바로 옆에 있었다. 드디어 우리 배가 몬테비데오 항구에 닻을 내린 것이다. 물론 그렇다고 달라진 것은 없었다. 우리는 계속 배에 갇혀있었고, 땅을 밟을 수 없었다. 하지만 지구상의 어느 대륙엔가 우리의 배가 닿았다는 것만으로도 마음의 위안이 되었다.

오늘 아침에 약 10여명이 하선을 할 것이라는 소식을 어제 저녁에 전해 들었다. 하선 인원은 리더 스티븐을 비롯해서 약 10명 정도였다. 그 중에 승객은 3명, 대부분은 탐험 팀의 스태프들이었다. 크루즈 여행사가 스태프들의 비행기 티켓을 제공하여, 스태프들이 먼저 나가게 된 것이다. 우리는 떠나는 스태프들에게 그동안의 고마움을 담아 애틋한 작별인사를 건넸다. 그리고 떠나는 이들에게 수고했다는 박수를 쳐주었다. 반면 크루즈 여행사 측의 이러한 결정에 꽤나 놀라워하는 사람들도 있었다. 지금 상황에 승객보다 먼저 스태프를 하선시키는 것을 받아들이기 힘들어했다.

스태프를 하선시킬 수 있는 티켓이 있다면, 승객들을 위한 티켓도 구할 수 있었던 것은 아닐까 하는 생각 때문이었다. 승객 중에 여행업에 종사한다는 한 사람에게 나머지 모든 승객의 항공권을 맡기고, 여행사에서

는 자신들의 스태프를 먼저 배에서 내리도록 했다.

　결국 탐험 팀 리더를 비롯한 일부 스태프들이 승객보다 먼저 배를 떠난 것이다.

　차가운 남극 바다에 몸을 던지고 나온 듯 정신이 얼얼했다. 당시 승객의 대부분이었던 호주 승객들의 전세기도 아직 확정된 상황이 아니었고, 북미, 유럽, 아시아 승객 누구도 항공권을 구하지 못했던 시기였다. 배에서는 여전히 래리를 제외한 다른 승객들에게 항공권을 검색하지 말아달라고 주문했다.

　친구를 통해 남미 국가들의 소식을 들었다. 남미 여러 나라들은 자국 내 상점들의 '영업금지'에 이어 '통행금지' 명령까지 내려졌다. 코로나 사태로 인해 부에노스아이레스에서는 통행증이 있어야만 외출이 가능하고, 병원과 공항 외에 택시 운행도 금지시켰다. 페루는 외국인 입출국을 모두 금지시켰다.

시간은 흐르고 있었다.

래리가 한국행 비행기 표를 구하기만을 기다렸다.

|개인적으로 구매한 비행기 티켓이 있다면?

오후에 선내 스피커에서 방송이 나왔다.

"혹시 개인적으로 구매한 비행기 티켓이 있다면, 30분 내로 그 티켓을 리셉션에 제출해주세요."

방송이 나오자 지난 며칠간 개인적으로 표를 구하지 말라는 안내에 따르던 사람들은 혼란스러워했다. 배의 안내에 따라 '이기적인 사람이 되지 않으려' 개인적으로 표를 검색하지 않았는데, 혹시 구매한 항공권이 있는 사람은 티켓을 제출해달라니…. 이제는 개인적으로 표를 구매해도 된다는 의미인지, 아니면 계속 래리가 표를 구하기를 기다리라는 의미인지 혼란스러웠다.

배의 탐험 팀과 래리의 입장은 여전히 같았다.

"개인적으로 표 검색을 하게 되면 그것이 수요로 반영되어 티켓 가격이 올라간다."

"제발 친구나 가족에게도 티켓을 검색하지 말아달라고 전해 달라. 우리가 알아서 하겠다."

개인적으로 티켓을 구매하는 것은 반대하지만, 혹시 이미 구매한 것이

있으면 받아주겠다는 의미로 나는 받아들였다.

지난 며칠 래리는 사람들에게 자신이 검색한 티켓을 프린트해서 몇 차례 나눠줬다. 그 티켓으로 귀국하겠다는 사람도 있었지만, 상당수의 사람들은 그 티켓에 의문을 가지고 있었다. 왜냐하면 래리가 끊어준 티켓이 자신들의 대사관에서 비교적 안전하다고 알려준 귀국 코스와 많이 다르거나, 최근의 항공권 가격이 많이 올랐다 해도 그에 비해 터무니없이 높은 가격이기 때문이었다.

방송이 나오자 싱가포르에서 오신 펄 아주머니는 재빠르게 표를 제출했다.

펄 아주머니는 혼자 배에 탔는데, 지금과 같은 상황이 되자 집에 있는 남편이 대신 항공권을 끊어주었다고 했다. 같은 장소에서 꽤 오랜 기간 지냈었다는 이유로 그동안 펄 아주머니와 싱글리시(Singlish, 싱가포르 악

센트가 많이 들어간 싱가포르 식 영어)로 틈날 때미다 많은 이야기를 나누었다. 주로 싱가포르의 음식 이야기였지만. 아주머니는 마땅한 종이가 없었는지 냅킨에 자신의 휴대폰 번호를 적어서 건네주었다. 그리고 나중에 싱가포르에 오면 자기네 집에 놀러오라고 했다.

아주머니가 무사히 하선을 할 수 있을지는 모르지만, 가능한 사람이라도 먼저 빠져나갈 수 있다면 다행이라 생각했다.

| 대한민국 영사님이 항구로 찾아오다

배는 계속 몬테비데오 항구에 정박해있었다.

우루과이 수도 근처로 오자 내가 가지고 있던 휴대폰에 안테나 몇 개가 채워지기 시작했다. 지난 몇 주간 꿈쩍 않던 휴대폰에 시그널이 잡히고 있었다. 배에서 25불을 주고 전화카드를 구입하여, 곧바로 한국 통신사에 전화 걸어 데이터 로밍을 신청했다. 드디어 휴대폰이 인터넷에 연결되었다. 속도는 느리지만 인터넷 검색도 가능했다. 큰 도시에 있으니 그동안 끊어져있던 세상과도 연결이 되었다.

우리 배가 항구 주변에 온 것을 반겨준 또 다른 한 분이 계셨다. 우루과이에 계신 대한민국 영사님이었다. 영사님은 우리 배가 몬테비데오 항구에 왔다는 소식을 듣고 직접 항구로 찾아오셨다.

바람 부는 부둣가 한편에 서있는 차에서, 짙은 색 양복을 입은 분이 내렸다. 우리는 배의 갑판 위에서 부두를 내려 보았다. 바닷물이 항구에 철썩거렸다.

배에서 내릴 수 없는 우리는 배 위에서, 배에 오를 수 없는 영사님은 육지에서. 우리는 멀리서서 목청 높여 서로의 안부를 물었다. 사실 멀리서 영사님이 말씀하시는 내용은 하나도 들리지 않았다. 하지만 무슨 말씀을 하시는지 알 것 같았다.

나는 두 손을 머리 위로 올려 크게 동그라미를 만들어 보였다. 영사님도 내가 전하려는 바를 이해했다는 듯 고개를 끄덕이셨다. 멀리서 손을 흔들어주는 영사님의 머리카락이 바다 바람에 휘날리며 헝클어졌다. 그 모습에 나는 이유도 모르게 목이 메어왔다. 이 모습을 옆에서 지켜보던 한 호주 승객이 내게 영사님을 가리키며 누구냐고 물어보았다. 대한민국 대사관에서 오셨다고 하니 무슨 일로 왔냐고 궁금해 했다. "그냥 안부 인사하러(Just to say Hello) 오셨다."고 말해주니 조금은 의아한 표정을 지었다.

영사님은 조금 전 걸어왔던 부둣가 길을 다시 걸어 차로 되돌아갔다. 차 문을 열기 전 다시 한 번 우리가 있는 쪽을 바라보며 우리를 확인하고는 다시 손을 흔들어 주셨다. 첫 만남이었다.

┃ 땅을 밟고 서는 것이 이토록 간절하다니

다음날 오후 세 시경. 두 번째 하선이 있었다.

남아 있던 스태프 대부분이 하선했다. 우리는 배의 데크에 올라 배에서 내리는 사람들을 보았다. 이제 배에 남아있는 스태프는 4명뿐이었고, 싱가포르에서 온 라일라가 지금부터 부 리더로서 마지막까지 배에 남아 있을 거라고 발표했다.

내리는 사람 중에는 어제 남편이 끊어준 표를 배에 제출했던 펄 아주머니도 계셨다. 배 위에서 하선하는 사람들을 보기 위해 갑판에 모인 사람들은 떠나는 사람들을 향해 박수를 치며, 손가락으로 휘슬을 불었다. 지난 한 달간 눈뜨고 잠들 때까지 지구에서 가장 파도가 험한 드레이크 해협을 건너며 서로의 안부를 물었고, 극지의 거대한 빙하 사이를 지나며 함께 가슴 설레어했던 사람들. 우리에게 다가온 펭귄이 나보다 내 휴대폰에 관심을 갖던 모습에 함께 웃었지만…. 헤어짐은 가혹했다. 바이러스 전파가 만들어낸 새로운 규칙, 사회적 거리두기(Social distance) 룰에 따라 악수도 포옹도 없이 그저 먼발치에서 바라보며 손 흔드는 이별. 말없는 헤어짐.

떠나는 사람을 보니 그제야 비로소 남아있어야 하는 내 처지가 보인다.

살면서 지겹도록 디디고 서있던, 그 아무것도 아니던 '땅.을.밟.고.서.는' 것조차 감동스럽게 만드는 바다 위의 격리 생활은 예전엔 아무것도 아니던 것을 간절한 것으로 바꾸어 놓았다. 입대 후 훈련병 시절에 간절했던 대부분의 것이 그 전에는 아무 존재감 없었던 것들이었던 것처럼.

　지금 비록 저 바깥세상이 아수라장이라고 해도, 받아주는 나라가 없어 물위에서 떠돌며 격리 생활하는 신세보다는 나을 거라는 생각에. 그래서 오늘은 함께했던 기쁨보다 헤어짐의 슬픔이 더 크게 느껴지고, 풍요가 주었던 만족보다 결핍이 주는 고통이 더 쓰라리게 다가왔다.

　하루빨리 땅 밟고 싶다!

| 너도 네 살 길을 찾아가

　본국에 있는 남편이 끊어준 티켓으로 펄 아주머니가 무사히 떠나자,

배에 있는 대만(Taipei) 친구들도 더 이상 래리의 표를 기다리지 않고 자신들의 항공권을 스스로 끊었다. 그리고 그날 오후 복도에서 그들과 마주쳤다. 그들은 내일 출발 예정인 항공권을 배에 제출하고 오는 길이라 했다.

그 중에 한 명의 대만인 스태프가 나에게 진지하게 당부했다.

"저기 너에게 표를 구해준다고 하는 사람들 믿지 말고, 너도 네 살 길 찾아가!! 잘 들어. 네 살 길 네가 직접 찾아야 해!"

항상 카메라를 메고 다니던 한 대만 친구는 나를 따로 불러 자신들이 찾은 대만 행 항공권 중에 한국을 경유하는 것이 있다며 나에게 일러주었다. 자신의 핸드폰에 저장된 티켓을 보여주며 나보고 사진을 찍으라고 했다. 한국을 경유하여 대만으로 가는 항공권이었다.

그리고 잠시 후 래리를 만났다.

래리는 우리에게 자신이 검색한 한국행 항공편을 알려주었다.

그리고 몇 마디 대화 후에 자신이 찾은 표는 좋은 것 같지 않으니, 너희의 표는 너희가 직접 알아보는 게 좋겠다는 이야기를 했다. 그리고 우리가 스스로 대사관에 연락해서 하선할 수 있도록 처리했으면 좋겠다고 했다.

아, 차라리 처음부터 직접 알아보라고 했다면, 4일이나 시간을 낭비하지 않고 진작 표를 끊었을 것을….

긴박하게 상황이 흘렀던 지난 며칠간, 모두의 안전보다 나의 안녕을 우선시하는 사람이 되지 않으려 기다리고 기다렸다. 주변의 여러 나라에서 국경을 닫고, 통행 금지령을 발표하는 긴박한 순간에도 다른 사람들에게 피해를 끼치지 않으려고 기다리기만 했다. 하지만 지금은 내가 기

대했던 상황이 아니었다.

그저 래리도 자신의 입장에서는 최선을 다한 것이라고 믿고 싶었다. 다만 그것이 나에게는 결과적으로 최선이 되지 못한 것이라고 생각하고 싶었다. 하지만 처음부터 스스로 내 살 길을 야무지게 챙기지 못한 나의 탓이라는 생각이 자꾸만 들었다. 어쨌든 이젠 시간이 너무 없는 상황이 되어버렸다.

나중에 아파하자.

나중에 아파하자.

지금은 이곳을 먼저 빠져나가자.

다음날 오후, 대만 친구들은 하선 직전까지 확답을 받지 못해 안절부절못했지만, 결국 7명 모두 무사히 하선에 성공했다.

| 드디어 비행기 표를 구하다

앞으로 4일 후, 3월 30일에 호주 전세기가 뜨는 것이 확정되었다.

배에 있는 호주, 뉴질랜드 사람들의 표정이 한결 밝아졌고, 여유를 찾아가고 있었다. 한국인 두 명이 표를 구하지 못했다는 소식에 배에서 마주치는 사람들마다 안부를 물어왔다. 그때마다 사람들에게 우리는 오늘부터 개인적으로 티켓을 알아보는 중이라고 설명했다.

그리고 드디어.

한국에 있는 동생 적수의 도움으로 비행기 표를 끊었다. 우루과이 몬테비데오에서 3월 29일에 출발하여, 상파울루(브라질), 애틀랜타, 뉴욕(미국)을 거쳐 인천으로 가는 루트였다.

그로부터 몇 시간 뒤.

브라질은 3월 30일부로 외국인의 입국(환승 포함)을 금지한다고 발표했다.

우리의 항공권 일정대로라면 우리는 29일 밤 9시에 브라질 상파울루 도착 후, 공항에서 25시간을 기다려 30일 밤 9시에 애틀랜타로 가는 비행기를 타야 했다. 만일 우리가 우루과이부터 인천까지 한 번에 티켓팅을 할 수 있는 '연결 티켓'을 구할 수 있다면, 우루과이에서 출발 후 인천까지 짐을 찾을 필요도 없고, 환승하는 국가에서 출국하여 따로 티켓팅을 할 필요도 없을 것이다. 하지만 아무리 찾으려 해도 인천까지의 연결 티켓은 없었다. 결국 우리는 상파울루 공항에서 짐을 찾고, 체크인을 위해 브라질 입국이 필요했다.

이 근처 최대 환승 공항은 브라질의 상파울루 공항이었다.

　브라질이 3월 30일자로 외국인 입국금지를 실행한다면, 방법은 하나밖에 없다.

　'외국인 입국금지를 실행하기 전에 브라질을 통과해야 한다, 앞으로 3일 내에.'

　그렇지 못하면, 이 배에 언제까지 갇혀있을지 모른다.

　주 브라질 대한민국 영사님께 도움을 요청했다. 영사님 역시 앞으로 3일 내에 출발하는 우루과이에서 인천까지의 '연결 티켓'이 가장 좋을 것이라 말씀하셨다. 평소처럼 비행기들이 정상운행을 하는 상황이라면 '연결 티켓'을 구할 수 있을지도 모른다. 하지만 현재 몬테비데오에서 상파울루로 출발하는 가장 빠른 비행기는 29일 저녁 비행기이고, 혹시 출발 당일 비행기가 연착을 한다거나, 다른 문제로 3시간 이상 지연되면 브라질 입국이 불가능할 것이다.

곰곰이 생각하다가 내린 결론은 아래와 같았다.

1. 몬테비데오에서 브라질로 가기 전에, 브라질 상파울루 공항에서 탑승할 미국행 비행기의 e-ticket을 미리 출력해서 간다. 그러면 비행기 티켓팅을 위해 브라질 공항에 입국할 필요가 없고, 공항 내 환승 게이트를 통해 미국행 비행기를 탈 수 있을 것이다.

2. 29일 저녁 9시에 브라질에 도착하면, 재빨리 입국절차를 밟고 수하물을 찾아 다시 브라질 공항 출국장으로 이동한다.

3. 만약 비행기 연착으로 상파울루 공항에 30일에 도착한다면, 우리는 브라질 입국이 안 되므로 상파울루 공항에서 우리의 수하물을 찾으러 가지 못할 것이다. 따라서 몬테비데오에서 떠날 때, 고가의 물품은 기내 가방에 챙겨서 들고 가고, 나머지 수하물은 상파울루 공항에서 찾지 않고 그냥 버리고 간다.

즉, 브라질 도착 후 입국 거절을 당한다면, 수하물은 포기한 채 그대로 환승 게이트를 통해 미국행 비행기 탑승 게이트로 이동하면 된다. 일 년 넘게 세계 여행하며 사 모았던 기념품들과 추억의 보따리들을 버려야 하는 건가 하는 아쉬움이 밀려왔지만, 지금으로써는 마땅히 다른 방법이 없었다.

가방을 다시 싸기 시작했다.

버려질 짐과 가져갈 짐.

| 버릴 것과 가져갈 것

세계 일주를 하며 멋진 곳을 갈 때마다 기념품 가게에 들렀다.

나중에 어디엔가 정착하면 벽에 걸어두고 싶었던 스카프. 언젠가 세계 일주가 끝나면 내 책상 위에 놓고 싶었던 마스코트. 그리고 10년이 넘도록 메고 다닌 배낭에 훈장처럼 붙이려고 모아온 전 세계 명소의 패치들. 사야 하나 말아야 하나 고민했던 오랜 시간을 비웃으며, 지금은 그 기념품들을 모두 '버려야 할 가방'에 넣고 있다.

노트북, 카메라, 휴대폰과 같은 비교적 고가의 장비가 들어있는 작은 기내 가방이 하나. 옷과 침낭, 트레킹화 그리고 기념품 잡동사니가 대부분인 '버려질 수 있는 가방' 하나. 이렇게 가방 두 개가 방에 놓여졌다. 그런데 노트북과 카메라가 더 중요한 건지, 그 동안 사 모은 기념품들이 더 중요한지 잠시 혼란스럽기도 했다. 노트북, 카메라는 고가의 장비이지만 돈만 있다면 다시 구하기는 쉽다. 하지만 세계 일주를 하며 모은 기념품들은 가격은 낮아도 다시 구하기가 어렵다.

분류 기준이 단지 '상품의 가격'이라면 조금 더 편할 수 있을 것 같았다. 비싼 것은 기내 가방으로, 그 외의 것들은 큰 배낭으로. '상품의 가격'과 그 물건이 나에게 주는 '나만의 가치'를 두고 나는 고민하기 시작했다. 가격과 '값어치' 속에서 가방을 열고, 다시 정리하고 또 다시 풀기를 반복했다.

이 가방에서 저 가방으로, 다시 저 가방에서 이 가방으로.

| Why you are so special?

짐을 싸고, 짐을 푸는 것을 반복하던 오후.

엊그제 항구에 다녀가신 우루과이의 이재봉 영사님이 다시 배에 방문하셨다. 영사님은 마스크랑 손 세정제, 위생장갑을 익스페디션 팀에게 맡겨두고 가셨다. 그리고 홍삼 캔디까지. 만나 뵐 수는 없었고, 탐험 팀을 통해서 반입된 물건만 전해 받았다.

오늘도 우리는 배 위에서, 영사님은 육지에서 멀리서 손을 흔들며 안부를 나누었다. 저 아래 땅을 밟고 계신 영사님과 아쉬운 작별을 나누고, 영사님은 뒤돌아 천천히 몬테비데오 항구의 모퉁이로 걸어가셨다. 항구의 길목으로 걸어가시는 영사님의 뒷모습을 바라보고 있을 때, 옆에 있던 호주 친구가 우리에게 말을 걸었다.

이 배에 호주 뉴질랜드 사람들은 130명 정도가 갇혀있는데도 자기네 나라 대사관에서 한 번도 오지 않는데, 한국인은 고작 두 명뿐인데도 한국 대사관에서는 매일 방문해서 건강 확인하고 이것저것을 챙겨준다고 했다. 그러고 보니 배에는 호주, 뉴질랜드, 미국, 캐나다, 중국, 대만, 프랑스 등등 세계 여러 나라에서 온 사람들이 타고 있었지만, 매일매일 안부를 묻고 지나가는 길에 들렀다며 배에 찾아오는 곳은 대한민국 대사관이 유일했다.

그리고 그는 나에게 물었다.

"Why you are so special?"

그저 보잘것없는 여행객인데, 특별한 사람으로 대우해주는 사람들이 있었다. 그래서 잠시나마 마음 한편이 든든했다.

| 오늘도 43명의 사람들이 하선했다

3월 27일. 갑작스레 미국에서 확진자가 늘어나고 있다.

그 중에 뉴욕이 가장 심하게 증가하고 있었다. 예정대로라면 우리는 뉴욕 공항 내에서 장시간 환승해야 해서 그 점도 신경이 쓰였다. 특히 아직까지 미국에서는 길거리나 공항 내에 마스크를 쓰지 않고 다니는 사람들이 많다는 점에서 더욱 그랬다.

그런데 간밤에 우연히 항공권 사이트에 어제까지는 없던 티켓이 보였다. '브리티시 에어라인'으로 새로운 경로의 티켓이 생긴 것이다. 3월 29일에 몬테비데오에서 상파울루로 가는 것은 기존과 같았으나, 상파울루에서 24시간을 대기하지 않고 7시간 만에 스페인으로 떠나, 런던을 거쳐 인천으로 가는 경로였다. 뉴욕 대신 스페인-런던을 거치는 경로는 크게 상관이 없었지만, 브라질 상파울루에서의 대기 시간이 짧아지는 것이 큰 장점이었다. 이미 브라질은 3월 30일부터 외국인의 입국(환승 포함)을 금지한다고 발표했기 때문에, 29일 밤에 브라질에 도착하는 우리로서는 가능한 빨리 브라질을 빠져나가는 게 중요했다.

우리에게는 상파울루 도착 후 최대한 빨리 떠나는 편이 더 나은 선택이었다. 물론, 새로운 티켓을 선택하더라도 상파울루에서 수하물 가방을 포기해야 할 가능성이 여전히 남아있었지만, 조금이라도 그곳을 빠르게 빠져나갈 수 있다면 훨씬 나은 선택이라고 생각했다. 결국 어제 구매한 티켓을 취소하고, 더 빠른 경로의 새로운 티켓을 구매했다.

오후엔 43명의 사람들이 하선했다. 탐험 팀도 4명만이 남아있었다. 우리처럼 세계 일주를 하고 있던 싸라와 에릭 커플도 떠났다. 싸라는 내려

서 배 위에 있던 우리를 향해 손을 흔들며 버스에 탑승했고, 버스가 떠날 때는 엄지와 검지로 손하트도 만들어 보였다.

많은 사람들이 떠나고 난 후, 노을 지는 저녁에 배의 오픈 데크에서 바비큐를 했다.

배는 몬테비데오 항구에 정박해있어 항구 주변에 드나드는 배들을 볼 수 있었고, 눈을 돌려 시내 쪽을 바라보면 몬테비데오 시내의 모습도 보였다. 불안한 눈빛에 비추던 바다 넘어 노을빛은 아름다웠다.

시드니행 전세기에 탑승할 호주, 뉴질랜드 사람들을 제외하면, 하선을 기다리는 사람은 이제 우리를 포함하여 8명이었다. 43명이 떠나간 배에는 확연히 빈자리가 눈에 띄었다.

이틀 후면 나도 떠나게 되겠지.

시간아, 흘러라. 똑딱똑딱.

| 지구 반대편에서 전해지는 한국의 정

탐험 팀 리더가 떠난 이후, 리더 역할을 하고 있는 라일라가 나를 불렀다.

라일라에게 찾아가서 인사를 하자 그녀는 사무실 뒤에 놓여 있던 무언가를 꺼내 내게 건네주었다. 쇼핑백이었다. 무언가 내 앞으로 온 물건인 듯했다.

'아… 우루과이 한국 영사님이 오늘도 다녀가셨나 보다!!'

예상은 적중했다. 영사님이었다.

쇼핑백을 방 안으로 가져와 열었다. 그 안에 있는 상자들에 적힌 큼지막한 한글이 보였다.

빠다코코낫, 웨하스, 제크, 하비스트, 야채크래커, 롯데샌드 파인애플.

한국 과자였다. 우리 교민이 별로 없는 우루과이엔 한국마트가 없어 한국 과자 구하기가 힘드셨을 텐데, 귀한 걸 건네주고 가셨다. 지난 밤 영사님과 통화할 때 수화기 너머 아이의 목소리가 들렸었는데, 어쩌면 아이에게 가야 할 몫의 과자가 이리로 왔는지도 모른다. 언젠가 기회가 된다면 꼭 갚아드려야지.

배에 고립된 상황으로 자꾸만 무거워지던 마음이 자신의 일인 듯 발 벗고 도와주는 친구들과 영사님 덕분에 때때로 뜨거워진다.

우리의 상황이 걱정되어 잠을 한숨도 못자고 있다며 한국에서 누나와 형이 소식을 전해왔다. 잠시 쉬는 사이 시애틀(미국)에서 각 국가의 소식을 전해주는 진오 형과 밤낮으로 항공권 검색을 도와주는 적수가 또 다시 추가 소식을 전달해주었다. 여러 나라에서 항공기의 출입을 막고 있

고, 입출국을 제한하고 있다는 소식이었다. 어제부로 아르헨티나도 갑자기 공항을 폐쇄하여 민항기 운항을 중단했다는 소식도 있었다. 터키도 출국을 금지했다. 알고 있던 대로 브라질도 30일부터 외국인 입국을 금지한다고 다시 한 번 발표했다.

예정대로 29일 밤 9시에 브라질에 도착하면, 밤 12시(30일)가 되기 전에 2시간 정도의 시간이 있을 것으로 보였다. 그 2시간 사이에 수하물을 찾아 브라질 입국수속을 밟고, 상파울루 공항에서 브리티시 항공으로 환승을 하면 된다.

혹시나 비행기가 연착하여 상파울루에 밤 12시가 넘어 도착하게 된다면, 상파울루 공항에서 수하물을 포기하고 e-ticket을 사용하여 출국장 내에서 브리티시 항공으로 환승을 시도할 것이다.

모든 것이 잘 되기를….

|그렉 모티머 호의 운명

　그렉 모티머(Greg Mortimer) 호는 3월 15일에 우수아이아에서 출항한 남극 크루즈이다.

　이 배 역시 호주인이 운영하는 오로라 여행사(Aurora Expeditions) 소속의 배였는데, 이 배는 3월 20일이 되어서야 남극 탐험을 중단하고 남미 대륙으로 돌아왔다. 탐험 중단 후 그렉 모티머 호는 우리와 마찬가지로 어느 나라에서도 받아주지 않는 신세가 되어 남미 주변국과 주변 바다를 떠돌았다. 그리고 그들은 오늘(3월 27일) 몬테비데오 근처 바다에 도착했다.

　그렉 모티머 호에 타고 있는 호주, 뉴질랜드 승객들 역시 우리와 비슷한 계획을 가지고 있었다. 몬테비데오에 하선 후 전세기를 타고 시드니까지 가고, 시드니에서 보름간 격리 후 집으로 가려고 했다. 그들은 우리 배에 있던 호주 승객들과 함께 같은 전세기를 탈 예정이었던 것이다.

　하지만 배에서 예상치 못했던 일이 벌어지고 있었다.

　승객과 크루를 포함한 총 217명은 3월 15일에 우수아이아를 출발했다. 그리고 출항 8일차에 배 안에서 처음으로 고열환자가 발생했다. 고열환자를 비롯한 승객들은 그 즉시 방에서 격리 생활을 했지만, 매일매일 고열 증상이 나타나는 승객들이 늘어만 갔다. 이로 인해 우루과이는 그렉 모티머가 몬테비데오 항구에 하선하는 것을 거절하고, 배에 있던 호주, 뉴질랜드 승객들도 전세기에 탑승할 기회를 놓치고 말았다.

　시간이 지나 우루과이에서 그렉 모티머 호 탑승객 전원 코로나 테스트를 해 본 결과, 총 217명 중 60%에 달하는 128명이 코로나19 검사 양성 반응이 나왔고, 이 중 24명을 제외하고는 모두 코로나19 무증상 환자였다. 또한 그렉 모티머에서 발생한 긴급 환자 중 일부는 우루과이 병원으로 이송하였으나 안타깝게도 사망하였다.

| 우리는 혼자 떠나지 않겠습니다

배 안에는 130여명의 호주, 뉴질랜드 사람들이 있었다.

중국에서 시작된 코로나가 유럽과 미국으로 급격하게 퍼지자, 호주, 뉴질랜드는 신속히 국경을 봉쇄하고 미디어를 통해 해외에 있는 자국민들의 신속한 귀환을 재촉했다. 그리고 남미 대륙에 갇힌 자국민들을 위해, 호주 정부는 남미에서 호주로 향하는 전세기를 적극적으로 추진하고 있었다.

전세기는 남미의 항공사 라탐 에어라인의 비행기를 렌트한 것으로, 남미 대륙에서 호주, 뉴질랜드로 귀국을 희망하는 사람들을 태우고 시드니로 향하는 경로였다. 전세기의 비용은 승객들이 전체 비용을 n분의 1씩 부담하기로 되어 있었다. 따라서 승객이 많을수록 1인당 지불해야 하는 금액은 적어지고, 반대로 승객이 적을수록 내야 할 금액이 커진다.

애초 계획은 부에노스아이레스에 있는 호주, 뉴질랜드 교민들과 우리 배(Ocean Atlantic), 그리고 남미 바다에 있던 또 다른 크루즈 그렉 모티머 호에 탑승한 호주, 뉴질랜드 사람들이 함께 전세기에 탑승하는 것이었다. 그리고 그 인원수대로 계산을 해보면, 1인당 예상되는 전세기 가격은 미화로 2,500달러 수준이었다.

그 이후 우리 배는 아르헨티나 입항을 거절당했고, 부에노스아이레스에서 전세기를 띄울 수 없는 상황이 되었다. 그리고 며칠 후 아르헨티나는 공항을 셧다운하여, 부에노스아이레스에 있는 호주, 뉴질랜드 사람들 역시 전세기에 탈 수 없는 상황이 되었다.

반면에 우루과이 근처에 있던 또 다른 크루즈 그렉 모티머 호에는 선내에 고열과 기침을 하는 환자가 있어 우루과이에 하선을 거부당했다. 따라서 그렉 모티머 호에 있는 호주, 뉴질랜드 사람들 역시 전세기에 탈 수 없는 상황이 되었다.

부에노스아이레스의 교민들과 그렉 모티머의 사람들이 전세기에 탑승할 수 없게 되자, 우리 배에 있는 호주, 뉴질랜드 사람들이 전세기의 탑승료를 전적으로 부담해야 했다. 일인당 가격도 5,800달러(약 7백만 원)로 치솟았다. 부부이거나 4명 정도의 가족 승객들도 있었기에 사람에 따라서는 부담해야 할 금액이 3~4천만 원에 달하는 사람들도 있었다. 아무런 준비도 미리하지 못한 상황에, 갑자기 마련하기에는 쉽지 않은 금액이었다.

결국 배에서의 회의 시간에 호주에서 온 한 여성은 단상 앞에 나가 자신의 이야기를 하기 시작했다. 자신의 급여와 현재 통장에 남은 잔고, 그리고 며칠 뒤 자녀들을 위해 빠져나가야 할 금액 등등. 그리고 굳이 말하기엔 너무 사소해 보이는 이런저런 금액들···. 가장 친한 친구에게도 말하기 어려울 통장 속 숫자를 모르는 사람들 앞에서 공개했다. 그리고는 자신은 이 금액을 마련할 수 없는 처지라고 말하며 끝내 사람들 앞에서 울음을 터트렸다.

그렇다고 이 배의 승객들이 이 배에 남아 있을 수도 없었다. 어느 나라

에서도 우리 배의 하선을 허락해주지 않아 우리는 갈 곳이 없이 바다 위를 떠도는 신세였고, 배에 머무는 동안의 비용도 문제였으며, 또 식량 문제도 해결해야 했다. 결국 그녀가 선택할 수 있는 것은 하나, 자신의 잔고에 상관없이 전세기를 타는 것밖에 없었다. 그리고 그녀 외에도 이 금액을 감당할 수 없는 분들이 현재 우리 배에 8명이 더 있었다.

그녀의 이야기가 끝나자 또 다른 호주 승객 한 분이 마이크를 잡았다.

"우리 중 누군가가 이런 상황에 처한 것은 참으로 안타까운 일입니다. 나머지 사람들이 십시일반으로 조금씩 더 부담하여 부족한 사람들의 금액을 메꿉시다. 그리고 앞으로는 자신이 이런 상황에 처했다 하더라도, 이런 개인적인(통장 잔고와 같은) 내용들을 서로에게 밝히지 않는 것으로 합시다. 우리는 힘든 상황에 처한 사람을 두고 혼자 떠나지 않을 것입니다."

그는 마이크를 놓고 회의실 앞 보드에 숫자를 적기 시작했다. 나머지 사람들이 얼마씩 금액을 더 내야 잔고가 부족한 사람들의 몫을 커버할 수 있는지를 계산했다. 회의실의 모든 사람들이 또다시 박수를 치고 있었다.

| 천국과 지옥의 시간

3월 28일.

한 달간 작은 배에서 생활하며 마주치다 보니 승객의 대부분은 서로의 얼굴을 알고 있었다. 어제 오늘 복도에서 마주치는 사람들은, 우리를 만나면 왜 너희가 아직까지 여기에 남아있느냐며 깜짝 놀란다. 그도 그럴 것이 주변 국가의 공항들이 며칠 전부터 셧다운을 준비하고 있다는 소문이 배에 돌고 있었고, 호주 전세기에 탑승할 사람들을 제외한 대부분의 사람들이 이미 하선을 했기 때문이다. 배 안에서 만난 한 호주 분이 이야기했다.

"우리의 실수는 크루즈가 출발하는 날짜를 잘못 선택한 것도 아니고, 장소가 남극인 것도 아니야. 우리의 가장 큰 실수는 '섀클턴 탐험대'의 흔적을 뒤따라가려고 했던 거라고. 우린 섀클턴 탐험대의 저주를 받아 돌아가지 못하고 고통 받고 있는 거라고."

물론 그는 사람들에게 농담조로 웃으며 이야기했다. 하지만 배에는 그런 농담마저도 힘겹게 삼켜내야 할 만큼 상처를 받은 사람들이 많이 있었다.

13:43.

이메일이 한 통 왔다.

우리가 내일 타야 할 우루과이-브라질(상파울루)행 항공편의 출발시간이 오후 18:00에서 같은 날 오전 02:50으로 15시간 앞당겨졌다는 내용이었다.

배의 하선 절차는 까다롭고 엄격했다. 하선을 위해서는 먼저 예약한 비행기 티켓을 배의 리셉션에 전달해야 한다. 그러면 익스페디션 팀은 우루과이 입출국 관리팀에 연락하여 해당 승객의 하선 승인을 받는다. 하선 승인이 되고나면, 우루과이 정부 직원들이 비행기 출발시간 3-4시간 전에 우리 배로 와서 승객들 티켓을 검사하고, 이를 통과한 사람만이 배에서 내릴 수 있었다. 그리고 앞에 대기하고 있는 버스에 탑승하면 경찰과 함께 공항 출국장까지 가는 절차였다.

내일 새벽 2시 50분까지는 12시간도 채 남지 않은 시간이었다. 따라서 비행기 출발 시간에 맞추려면 오늘 밤에 이 배에서 나가야 하고, 그러려면 지금 바로 익스페디션 팀에 연락을 해서 우루과이 측에 승인 요청을 보내야 할 상황이었다. 그래야만 출입국 관리팀의 협조를 받아 오늘 저녁에 하선을 할 수 있을 것 같았다.

15:16.

잠시 혼란스러운 사이 또 다른 이메일 한 통이 왔다.

'불행히도 귀하가 탑승 예정이던 몬테비데오(우루과이)에서 상파울루(브라질)행 항공이 취소되었습니다.'

아…. 취소라고? 눈을 부릅뜨고 다시 봐도 분명 'Cancel'이라고 적혀 있었다.

한국에 있는 후배 적수에게 연락이 왔다. 지금 현재 상파울루를 거치는 라탐(LATAM) 항공사의 항공편의 대부분이 취소되고 있다고 했다. 지금 대부분의 항공이 취소, 변경되고 있다면 항공기의 문제가 아닌 공항이나 국가의 입출국 정책으로 인해 생기는 문제일 거라는 생각이 들었다.

몬테비데오를 떠나는 비행기 표가 없다면, 이 배에서 하선조차 할 수 없었다. 오늘이나 내일 가장 빨리 몬테비데오에서 상파울루로 가는 비행기를 조회해 보았다. 하지만 아무 항공편도 검색되지 않았다.

조회되는 가장 빠른 날짜는 4월 2일이었다. 하지만 4월 2일은 너무 늦다. 3월 30일에 우루과이도 공항 셧다운을 할 거라는 소문이 돌고 있었기 때문이다. 오늘이나 내일 반드시 하선을 해서 우루과이를 빠져나가야 한다. 그리고 30일부터는 브라질에서도 외국인 입국(환승포함) 금지이므로, 그 전에 가야 한다.

아…. 하루 전날 비행기 취소라니.

갑자기 멍해졌다.

객실 한구석에 놓여있는 배낭을 바라보았다. 내일이 되면 메고 떠나기 위해 정리해놓은 배낭이었다.

내가 할 수 있는 것은 무엇인가 생각해봤다.

휴대폰 메시지가 울렸다. 적수였다.

'형, 라탐 항공 시스템이 지금 뭔가 이상해. 공항 출도착 정보를 확인해

보면 항공편이 모두 취소되고 있어. 그런데 이상한 게 라탐항공 공식 홈페이지에 접속해서 계속 화면을 갱신하면, 예전에 안보이던 비행기 스케줄이 갑자기 생기는 것들이 있어. 뭔가 이상해.'

'어? 새로 생기는 항공편이 있다고? 기존 것들은 다 취소되고?'

'어, 형이 엊그제 끊었던 표가 취소되었는데, 라탐 홈페이지에 보니까 30일 02:50에 출발하는 게 새로 생긴 것 같아. 내가 예약해볼게.'

인터넷 접속이 불안정하고 느린 우리를 위해 적수 녀석이 도와주고 있었다.

16:42.

'형, 티켓 변경처리 완료했어!!'

'우아!!!!! 고마워.'

메시지를 확인하며 옆에 있던 와이프와 두 손을 꼭 잡았다.

'그리고 온라인 보딩 패스도 발급했어 형, 지금 보낼게.'

다행이다.

다행이다.

어서 내일이 오면, 이 배를 빠져나가자.

배를 빠져나가 공항까지만 갈 수 있다면, 어떻게든 될 거야.

공항까지만 갈 수 있다면 설사 도중에 항공 시간이 변경된다 해도, 항공사 카운터에서 티켓을 변경하면 될 테니 땅에 내려서 공항까지만 갈 수 있다면 어떻게든 한국에 갈 수 있을 것 같았다.

'일단 공항까지만 갈 수 있다면, 어떻게든 될 거야.'

| 하선하는 날, 그러나 우리는

3월 29일. 우리의 항공편은 내일 새벽 2시 50분 출발.

밤 10시 반에 우루과이 출입국관리소 측에서 우리의 하선을 위해 오기로 했다.

하선 예정인 사람은 우리 두 명을 포함해서 스태프 3명, 영국인 2명, 중국인 1명. 총 8명이었다.

이로써 호주 전세기를 타는 인원을 제외하고는 전부 하선하는 날이다. 다시 말해 오늘 8명이 하선하고 나면 배에는 호주 전세기에 탑승할 승객만이 남게 된다. 그래서 며칠 전부터 사람들은 오늘을 'BIG DAY(결전의 날)'라고 불렀다.

저녁 9시를 넘긴 시각. 리더 라일라는 오늘 하선 예정인 사람들에게 각자의 항공 운항 정보를 체크해보자고 했다. 우루과이 출입국 직원들이 항공 운항 정보를 확인 후, 그 항공이 정상 운행하는 것으로 확인되면 하선을 허락해주었기 때문이었다.

우리의 항공 경로는 모두 네 구간이었다.

1. 몬테비데오(우루과이)-상파울루(브라질)
2. 상파울루-마드리드(스페인)
3. 마드리드-런던(영국)
4. 런던-인천(한국)

총 4개 구간의 항공편의 상태를 확인해 보았다.

on time(정시 운항), on time(정시 운항), scheduled(예정됨), on time(정시 운항).

3개는 정시 운항(on time)이고, 마드리드-런던 구간이 예정됨(scheduled)으로 나오니 문제가 없을 것 같았다.

저녁 10시. 미리 싸놓은 짐을 들고 하선 준비를 했다. 배낭을 메고, 마스크를 쓰고 위생장갑도 꼈다. 큰 배낭을 뒤로 메고, 앞가슴에 작은 배낭도 메었다. 그리고는 드디어 배의 출입구 앞에서 하선을 기다렸다.

'드디어 한 달 만에 하선을 하는구나.'

오늘 하선 예정인 8명 모두 리셉션 앞에 모였다. 그리고 배에 탑승하던 첫날 체크인을 하며 리셉션에 맡겨놓은 여권을 받기 위해 줄을 섰다. 나와 아내도 8명 중 가장 마지막에 섰다. 앞에 선 6명이 모두 차례대로 여권을 받아 배의 출입구로 향했다. 리셉션의 직원은 우리의 항공 티켓을 받아들고, 어딘가에 전화를 걸었다. 그리고는 잠시 수화기를 얼굴에 댄 채로 상대방의 이야기를 듣는 듯했다. 앞선 6명은 모두 배에서 내렸고, 우루과이 직원의 티켓 확인 후 앞에 서있는 버스에 탔다. 잠시 후 뒤에서 우리 배의 선장이 리셉션 쪽으로 다가왔다. 우루과이 측으로부터 우리 표의 세 번째 구간이 조금 이상하다는 이야기를 들었다며, 확인 중이니 잠시 기다려보라고 했다. 10여분이 더 지났다. 우리는 여전히 리셉션에서 우리를 통과시켜 주기를 기다렸다. 우리에게 작별인사를 하기 위해 출입구 근처로 나온 모든 호주 승객들이 저만치에서 우리를 바라보고 있었다.

'뭔가 이상하다. 다른 사람들은 모두 이상 없이 통과했는데….'

우리 두 사람은 계속 커다란 가방을 메고 기다렸다. 상황이 어떻게 되어가고 있는 건지 알 수 없었다. 다시 몇 분이 흘렀다.

그때였다. 갑자기 배 밖에서 무슨 소란스러운 소리가 나는 듯했다. 밖에서 하선하는 승객을 조용히 기다리던 우루과이 직원들이 갑자기 우르르 움직이고 있었다.

'어? 이게 뭐지? 지금 상황이 어떻게 되고 있는 거지?'

우루과이 직원은 철수를 하고 있었다.

'어? 우린 아직 안 나갔는데… 이상하….'

잠시 머뭇거리는 사이… 밖에 서있던 버스가 움직이기 시작했다.

결국 버스는 우리를 남긴 채 떠났다.

| 그들은 떠나고, 나는 배 위에 남겨졌다

오늘 8명이 하선을 하고 나면, 배에는 이틀 후 호주 전세기에 탑승할 승객들만 남아있을 터였다. 그래서 남아있던 승객들은 마지막으로 떠나는 8명에게 작별인사를 하기 위해 마중 나와 있었다.

드라마에 나오는 비련의 주인공을 볼 때나, 신문의 사회면에서 기가 막히도록 불쌍한 기사를 접했을 때, 나는 그럴 때 나의 표정이 어떠했는지를 잘 기억하지 못한다. 하지만 그날 나는 죽을 때까지 잊기 힘든 표정을 보았다.

손을 흔들어 주던 사람들의 놀란 표정.

떠나는 버스와 남겨진 우리를 번갈아가며 바라보던 사람들의 의아한 눈길.

그리고 얼마간의 시간이 지나 비로소 지금 눈앞에서 벌어진 상황이 사람들에게 이해되기 시작하던 때의 표정들….

나는 어떤 사건이나 사고를 보고 들으면서 안타깝고 슬퍼했던 기억들뿐, 수십 명의 사람들이 나를 보고 안타까워하며 눈물 흘리는, 그 대상이 나였던 적은 살면서 단 한 번도 없었다.

사람들이 나를 보고 있는 그곳에, 나는 오래 서있을 수 없었다. 무슨 일이냐고, 괜찮냐고 물어보던 사람들의 목소리가 텅 빈 공간에 메아리치는 울림처럼 온몸을 맴돌았다.

왜 버스가 우리를 태우지 않고 떠났는지 나중에야 알게 되었다.

우루과이 담당자는 항공사에 연락하여 우리의 티켓을 확인했고, 항공사에서는 우리의 티켓 4개 중 3개는 '정시 출발(on time)'이고, 나머지 하나는 출발 예정 'scheduled(not confirmed)'라고 확인해주었는데, 이것이 영어-스페인어로 통역되는 과정에서 'canceled(취소됨)'라고 받아들여지는 상황이 발생했다고 했다. 결국 어디에선가, 누군가의 커뮤니케이션의 오류로 우리는 배에서 하선을 하지 못했다.

그로부터 몇 시간 후, 우루과이 정부는 자국 내의 공항을 셧다운했다. 이로써 우루과이 내 공항에는 모든 민항기의 출입이 금지되었다. 이제 버스나 차량을 이용하여 국경을 넘을 수도 없었고, 배를 이용하여 다른 곳을 가도 입항이 막혔으며, 공항을 셧다운하여 민항기의 출입마저 금지되었다.

결국, 육로도, 바닷길도, 그리고 하늘길도 모두 막혀버렸다.

그리고 버스도 떠났다.

아내와 나는 여전히 배 위에 있었다.

위로해주는 사람들 사이로 애써 괜찮다고 말하고 방으로 돌아왔다. 들어오자마자 아내는 복받친 듯 울음을 터뜨렸다. 꾹꾹 눌러왔던 그동안의 감정이 한순간에 터져 나오는 것 같았다. 힘들게 버티다가 마지막 순간에 모든 것이 어긋나 버렸다. 이제 이곳에서 떠나는 항공 티켓은 더 이상 없었다.

개인 티켓을 알아보지 말라던 배의 지시를 따르다가 서둘러 나가야 할 시간을 놓쳤고, 그렇게 며칠의 시간을 보내버린 후에야 우리의 티켓은 어려우니 직접 알아보라고 했던 그간의 상황이 원망스러웠다. 그리고 마지막 순간에 우루과이 직원의 실수로 빚어진 이 상황에 가슴이 무너질 듯 아파왔다.

"가만히 있으라."는 안내에 착실히 따랐던 아이들이 결국 안타까운 일을 맞이했던 어떤 사고가 떠올랐다. 그때 내가 조금은 이기적으로 살 방법을 찾아보지 않았던 것이 과연 잘했던 것인지 의문이 들기 시작했다. 우리를 제외한 많은 사람들은 자신들의 티켓을 개인적으로 알아보고 있었고, 그 결과 우린 빠져나가지 못하고 배에 남은 마지막 사람이 되어 버렸다.

나는 아내의 얼굴을 볼 수 없을 정도로 미안했다. 아내에게 더 나이가 들기 전에 세계 일주를 떠나자고 한 것도, 해발 4-5천 미터의 고산을 힘들게 가자고 했던 것도, 그리고 남극에 가는 배를 타자고 했던 것도 모두 나였다. 모든 게 후회되고 모든 게 미안했다.

언제까지일지는 모르지만 당분간은 더 이상 구할 수 있는 티켓도 없었다. 내일 모레 호주 전세기가 떠나고 나면, 우리 두 사람이 이 배에 마지막으로 남는 승객이 될 것이다.

| 우리가 탔어야 할 비행기는 떠나고

3월 30일.
이른 새벽, 적수에게 연락을 했다.
'우리…. 하선 거부당했어.'
'그게 무슨 소리야, 형?'
'우리의 티켓이 뭔가 이상하다고 거절당했어.'
'그럴 리가 없어. 몬테비데오 공항 상황판에도 형이 탈 비행기가 출발 준비 중이고, 그 후에 상파울루에서 형을 태울 비행기도 스페인에서 상파울루로 이미 날아오고 있는 중이라고! 형이 탈 앞뒤의 비행기들을 전부 확인해봤다구.'

적수는 앞으로 며칠 간 우리가 거쳐 가야 할 공항의 출도착 정보와 해당 비행기의 동선도 미리 파악해놓고 있었다. 그래서 우리가 분명 하선할 것이라고 믿고 있었던 것이다.

하지만 그렇다 해도 이미 엎질러진 물이었다.

'형, 오늘 이후로는 우루과이를 떠나는 비행기가 아무것도 검색되지 않아. 가장 빠른 게 앞으로 한 달을 기다려야 해. 앞으로 한 달간 셧다운인가봐.'

한 달. 앞으로 한 달이나 배에서 더 버틸 수는 없었다.

적수는 한국에서 우리가 탑승하지 못한 항공권을 취소해야 했다.

몬테비데오-상파울루 구간의 항공권은 노쇼(No Show) 처리가 되어 환불이 불가능했고, 브라질-스페인-영국-한국 구간은 티켓은 취소되었지만, 환불은 불가능했다. 항공사에서는 향후 12개월 내에 해당 금액만큼 다른 티켓을 구매할 수 있는 포인트를 제공해주겠다고 했다.

자정을 넘기고, 또 몇 시간이 지났다.

혹시나 싶어 휴대폰을 열어 항공기 출도착을 확인해보았다. 내가 타기로 했던 비행기는 예상대로 우루과이 몬테비데오 공항을 정상적으로 출발했다. 이미 벌어진 일에 미련을 두지 말자 생각하고 있었지만, 막상 두 눈으로 확인하니 가슴이 터질 것만 같았다. 밤새 뒤척이다가 동이 틀 무렵 잠시 잠이 들었다.

| 대한민국 영사님들의 긴밀한 대처 덕분에

아침 8시에 눈을 떴다.

곧바로 우루과이 영사님께 전화를 드려 지난 밤 일을 설명 드리고 다시 도움을 요청 드렸다. 이미 개인의 힘으로는 도저히 배를 빠져나갈 수 없는 상황이 되어버렸다. 영사님은 어제 저녁에 발생한 일에 대해 대사관 경로를 통해 우루과이 측에 알아봐주시겠다고 했다.

이제 배에 남은 사람은 이틀 후 호주 전세기에 탑승할 사람들과 우리두 명이었다. 배의 선장은 내일 모레 호주 전세기 인원이 내리고 나면, 배의 선원들과 함께 한 달간 대서양을 건너 북아프리카에 있는 섬으로 배를 이동시킬 예정이라고 했다. 아무도 받아주지 않는 곳에서 떠있는 것보다 어디든 배를 댈 수 있는 곳(아프리카의 섬)으로 이동할 예정이라고 했다.

배의 복도나 갑판에서 몇몇 사람들을 마주쳤다. 만나는 사람마다 우리를 보곤 깜짝 놀라며 "왜 아직도 여기에 있느냐?"며 이유를 물어보았다. 티켓을 구하기조차 어려운 상황에서 가까스로 정상적인 항공권을 구했지만, 우루과이 출입국 직원의 실수로 인해 하선을 못했다는 소식이 배에 퍼졌다. 그리고 복도나 갑판에서 우리를 마주치는 사람마다 우리의 손을 잡고 울음을 터뜨렸다. 그들도 그동안 참고 참아왔던 감정이 우리를 보면 폭발하는 것 같았다. 한 호주 남성분은 우리를 보고 터지는 울음을 참지 못해 우리 앞에서 꺼억꺼억 소리를 내며 울었고, 옆에 있던 그분의 아내가 남편을 자제시키기도 했다. 하지만 내 머릿속에는 슬픔보다 어떻게라도 이곳을 빠져나가야 한다는 생각밖에 없었다.

처음 이 남극 여행을 주관한 여행사의 매니저 레이몬드도 모레 전세기에 탑승할 예정이었다.

레이몬드는 나에게 연락을 해 회의실에서 만나자고 했다. 그는 우리가이 배에 남게 된다면 이틀 후부터 배는 한 달간 대서양을 건너 인적 드문 아프리카로 이동할 것이며, 그렇게 되면 여러 가지로 위험한 상황에 직면할 것이라는 이야기를 해주었다. 사실 그 부분이 나도 걱정되던 바였다. 배 안에는 가벼운 비상약품만 구비되어 있었고, 만일의 경우 코로나에 대비한 의료시설도, 넉넉한 식량도 없었다. 또한 배가 다시 바다 한가운데로 간다면 휴대폰을 이용한 외부와의 통신도 단절될 것이 뻔했다. 레이몬드는 여행사를 통해 호주 정부에 연락을 하여 전세기에 한국인 두 명을 태워줄 것을 요청하겠다고 했다.

레이몬드와 나누었던 호주 전세기에 대한 이야기를 우루과이 영사님께 전했다. 그러자 영사님은 이 소식을 아르헨티나에 계신 한국 영사님에게 전했고, 그분은 주 아르헨티나 호주대사관에 연락을 했다. 몇 시간후 연락이 왔다. 호주 정부에서 호주, 뉴질랜드 국민을 위한 전세기에 특별히 한국인 두 명의 탑승을 허락했다는 내용이었다.

하지만 이런 조치에도 불구하고 크게 기뻐할 수는 없었다. 현재 호주의 출입국 상황을 익히 알고 있었기 때문이었다. 코로나 사태가 터진 이후 이미 호주와 한국 간을 취항하는 항공기가 없었고, 호주에서 다른 나라를 거쳐 한국으로 가는 항로 역시 모두 막혀있었다. 인도네시아나 동남아를 경유하여 한국으로 가는 노선들이 운항을 멈추었기 때문이었다. 또한 호주 역시 외국인의 입국이 금지였다. 다시 말해 우리가 시드니에 도착한다고 해도, 호주 입국이 불가능하기 때문에 공항 내 입국장에 머무르다가 72시간 내로 호주를 떠나야만 했다. 이 상황에 비자도 없이 입국을 받아주는 나라도 없었다. 결국 전세기를 타고 호주까지 간다면, 시드니 이후에 갈 수 있는 곳이 없었다.

나는 레이몬드에게 다른 제안을 했다. 호주 전세기는 우루과이 몬테비데오를 출발하여, 중간 급유를 위해 칠레 산티아고 들렀다가 시드니로 갈 예정이니, 가능하다면 우리를 칠레 산티아고에 내려달라고 요청했다. 칠레 역시 외국인 입국은 막혀있어 입국은 불가능했지만, 산티아고(칠레)에서 미국(LA, 댈러스)으로 가는 항공노선이 아직까지 살아있었고, 미국까지 간다면 대한항공이나 아시아나와 같은 한국 국적기가 있기에 티켓을 구해볼 수 있으리라 생각했다. 시드니로 가는 것보다 산티아고로 가는 것이 한국으로 갈 수 있는 희미한 가능성이라도 있는 편이었다. 물론 산티아고 공항에서도 입국이 되지 않으므로, 수하물을 찾지 못할 수도 있다. 며칠 전에 생각했던(하지만 결국 실행해보지도 못한) 브라질에서의 환승 계획처럼, 수하물은 포기하고 산티아고를 통과해 가야 할 것 같았다.

몬테비데오에 다시 밤이 찾아왔다.

밤 11시. 호주 정부 사이트에서 트랜짓 비자(Transit Visa, subclass 771)와 호주 입국 규제 예외 신청서(Travel restriction exemptions)를 작성했다. 다행히도 예전에 비슷한 문서들을 여러 번 작성해본 경험이 있어서, 2-3시간 만에 모두 끝낼 수 있었다.

그리고 호주 전세기가 칠레 산티아고에 4월 1일 밤에 도착한다는 가정하에, 산티아고 공항에서 LA를 거쳐 한국으로 향하는 티켓도 찾았다. 4

월 2일 저녁 11시 10분에 산티아고를 출발해서 3일 오전 6시에 LA에 도착, 그리고 6시간 후에 LA에서 인천으로 가는 경로였다. 미국에서 경유시 비자는 미국 ESTA VISA 입국일이 아직 남아있었고, 우루과이 영사님도 현재 미국을 통한 입국이 가장 나아 보인다고 하셨다.

아슬아슬하게 가까스로 티켓을 구했다. 항공권 가격이 평소보다 4-5배나 오른 탓에 지난 번 탑승하지 못한 티켓과 이번 티켓까지 합하면 지출이 막심했지만, 지금은 이 배를 빠져나가는 게 급선무였다. 신용카드를 이용하여 결제까지 완료하니 온몸에 기운이 빠져나가는 것 같았다.

또 다시 새벽이 되었다. 잠시 눈을 붙였다.

| 원망과 걱정, 꺼져가는 희망

3월 31일. 지난 며칠 거의 잠을 이루지 못했다.

그래도 어젯밤에 한국행 티켓을 결제해놓아 그나마 마음이 조금 놓였다.

한국에 있는 가족들에게 소식을 전했다. 그리고 며칠째 밤을 새며 도와주고 있는 적수와 호규, 그리고 미국에 있는 진오, 원주형에게도 소식을 알렸다. 그리고 잠시 휴대폰으로 우리가 산티아고에서 탈 미국행 항공편을 일정을 다시 확인해보았다.

'항.공.편.취.소.'

"아아……"

다시 보아도, 천천히 읽어보아도 분명 '항공편 취소'라고 적혀있었다.

불안하게 휘몰아치는 세상은 한치 앞도 내다 볼 수 없었다. 구매한다고 해도 계속 취소가 되는 항공편이 많았고, 심지어 취소 후 환불조차 제대로 되지 않았다. 대신 이번에도 항공사에서 1년 내로 사용할 수 있는 크레딧을 준다고 했다. 벌써 몇 번째 항공권 구매인지. 취소되어도 환불도 되지 않는. 신용카드의 사용한도를 넘기면, 또 다른 신용카드를 사용했다. 여러 개의 신용카드로 돌려막으며 한국에 갈 수 있는 방법이 나오기만을 바랐다. 또 새로 구매한다고 해도, 또 다시 취소될 수 있었다. 하지만 이를 알면서도 또다시 티켓을 구매할 수밖에 없는 상황에 놓여있었다.

'이틀 전에 우루과이 출입국 직원의 실수만 없었어도…'

'나중에 돌아가면 이 어마어마한 카드 금액을 어떻게 처리해야 하나.'

원망과 걱정.

하지만 지나간 일은 나중에 생각해기로 하고, 지금은 이곳을 빠져나가는 일에 집중하자고 끊임없이 속으로 되뇌었다. 아니 어쩌면 이곳을 빠져나가는 일에 집중이라도 하지 않으면, 그냥 지금 주저앉을 것만 같았다.

'지금은 이곳을 나가는 일에만 집중하자. 다른 것은 나중에 생각하자.'

또 다시 마음을 졸이며 새로운 항공권을 검색했다. 그리고 다시 계획을 세웠다.

4월 1일에 호주 전세기로 칠레 산티아고까지 가는 것은 같았지만, 이번에는 4월 2일 11시에 산티아고에서 상파울루(브라질), 그리고 도하(카타르)를 거쳐 인천으로 가는 경로였다. 또 다시 티켓을 구매했다. 가지고 있는 모든 신용카드를 돌려 사용하며. 탈 수 있을지 없을지 확신할 수 없음에도 티켓을 구매할 수밖에 없는 배 위의 고립….

새로 구매한 티켓의 경로대로 환승을 제대로 할 수 있을지도 확신이 없었다. 어제부터 브라질은 자국 내 공항에 모든 외국인의(환승을 포함한) 입국을 금지시켰기 때문이다. 브라질 정부의 해당 문구를 두고 약간의 다른 해석이 있었다. 브라질 공항 내에서는 모든 외국인의 입국 및 환승이 금지라는 해석이 있었고, 다른 하나는 모든 외국인의 입국이 금지되고 환승을 위한 입국도 금지라는 해석이 다른 하나였다. 문장 자체에 모호함이 있었기 때문에 내가 조금 더 자의적으로 (두 번째 경우로) 해석을 하고자 했던 점도 있었을 수 있음을 인정한다. 만약 두 번째 경우로 해석한다면, 입국만 하지 않는다면 연결 티켓으로 공항 내 환승이 가능하다는 의미였고, 다시 말해 우리가 한국으로 갈 수도 있다는 뜻이기 때문이었다. 물론 그렇다 해도 심은 포기해야겠지만.

하지만 누구도 이에 대해 장담을 할 수는 없었다. 다만 환승 시 문제가 생길 경우를 대비해, 브라질에 있는 대한민국 영사님께 미리 연락을 취해놓았다. 혹시라도 문제가 생기면 영사님이 공항으로 직접 오시겠다고 하셨다. 말씀만으로도 커다란 용기가 생겼다.

| 아아, 마지막까지…

배에서의 마지막 밤.

세상이 변한 소식을 듣고 남극에서 전속력으로 달려왔지만, 귀항 예정이었던 푸에르토 마드린으로부터 입항을 거절당했고, 그 후 남미의 바다를 떠돌다가 아르헨티나 부에노스아이레스와 우루과이로부터 다시 입항 거절을 당했다. 나중에 우루과이는 인도주의적인 차원에서 '귀국 티켓'을 소지한 승객에 한하여 하선을 허락했지만, 배에서의 사정과 전 지구적인 입출국 및 공항 정책 변경으로 정상적으로 운행하는 티켓을 구하는 것이 어려웠다. 그렇게 배에서 한 달을 보냈다.

밤 10시가 넘어가고 있었다.

19시간 후엔 호주 전세기가 출발한다. 그 후에는 이 배는 약 한 달간 대서양을 건너 아프리카의 작은 섬으로 향할 것이다. 전세기는 호주 시드니까지 가지만, 호주는 코로나 사태 발생 이후 한국과의 항공편을 막았고, 호주에서 인도네시아나 제3국을 거쳐 한국으로 가는 경로 역시 막혀버렸다. 그래서 지금은 호주 전세기를 얻어 타고, 중간 급유지인 칠레 산티아고에서 대한민국으로 귀국하는 방법을 찾고 있다.

　문제는 애써 찾은 티켓마저도 하루 이틀 후 항공이 취소되고 환불도 되지 않는 상황이다. 분명 다음 달이면 감당 못할 카드 값으로 잔고가 부족할 것이 뻔하지만, 지금은 이 방법 말고는 할 수 있는 게 없다. 어떻게든 어느 나라든 땅을 밟으면, 그곳에 있는 대한민국 대사관으로부터 직접적 도움이라도 받을 수 있을 텐데….

　오후에 새로 구매한 항공권의 확정(Confirmation) 메일을 기다리고 있었다. 항공권을 구매하면 10분 내지 적어도 1시간 내에 '확정 메일'이 왔었는데, 이번에는 아직 오지 않고 있다. 확정 메일을 받고 그 안에 있는 티켓 번호가 적힌 온라인 티켓을 우루과이 입출국 사무소에 제출해야 하선을 요청할 수 있었기에 티켓 확정 소식은 중요했다. 하지만 결제한 지 6시간이 지나도 메일은 오지 않고 있었다.

　아직도 이 배를 빠져나갈 방법을 마련하지 못한 사람은 우리 두 명.

　티켓을 구매한 라탐 항공사에 전화를 해보았지만 받지 않았다. 모든 나라에서 입출국 정책을 변경하고 있고, 공항 셧다운을 앞 다투고 있는 상황이었다. 라탐 항공 본사가 있는 칠레의 대한민국 영사님께 연락을 드렸다. 영사님은 이미 우리의 소식을 알고 계셨다. 저녁 늦은 시간임에도 불구하고, 영사님은 산티아고 공항에 있는 라탐 항공 사무소에 직접 가셔서 왜 티켓이 확정되지 않는지 확인해 주시겠다고 하셨다.

　얼마간의 시간 뒤. 칠레의 영사님에게서 연락이 왔다. 우리의 항공 예약 번호로 산티아고(칠레) 공항에 있는 라탐 항공 직원과 확인한 결과 새로 예약한 티켓 역시 곧 취소될 것이라고.

　'아… 아, 정말 마지막까지….'

| 마지막 16시간, 이제 둘 중 하나를 선택해야 한다

자정이 넘었다.

4월 1일.

이제 호주 전세기가 뜨는 날. 배에서 하선할 수 있는 마지막 날이었다.

전세기 출발까지 16시간 전. 하지만 확정된 티켓은 아무것도 없었다. 이제 가능한 옵션도 보이지 않았다. 며칠째 밤낮없이 도움을 주고 있는 적수, 호규와 이야기해도 이제는 뾰족한 방법이 없었다.

아침이 밝고, 점심시간이 되면 남아있는 배의 모든 승객과 스태프는 전세기를 타기 위해 하선할 것이다.

이제 내가 할 수 있는 선택은 둘 중 하나.

첫째, 배에 남아 선원들과 한 달간 아프리카로 가고, 그곳에 도착 후 무언가 방법을 찾아본다. 하지만 이 경우 가는 동안 배에서의 식량 문제, 그리고 전화, 인터넷의 사용이 불가능하다. 또한 결정적으로 배에는 간단한 응급 처치용 의료품만 있어서 혹시 주변의 배들처럼 코로나 바이러스가 유입되는 경우 아무런 조치를 받을 수 없다. 실제로 우리 배의 옆을 지나가며 식량을 원조해준 코랄 프린세스 호나 함께 호주 전세기에 타기로 했던 그렉 모티머 호의 경우 이런 문제로 배에서 코로나에 감염되어 사망하는 사람이 여럿 발생했다.

둘째, 호주 전세기를 타고 무조건 시드니로 간다. 시드니에 도착해도 호주 역시 외국인 입국 금지 상황이라, 공항 밖을 나갈 수 없으며 도착 72시간 내로 호주를 떠나야 한다. 혹시나 하는 기대에 항공권 구매 사이트에서 시드니에서 한국으로 가는 항공이 있는지도 몇 번이나 살펴보았다. 하지만 아무런 항공 티켓도 검색되지 않았다. 이미 호주 한국간의 항공 노선은 끊겼고, 제3국 입국도 불가능하다. 지금과 같은 팬데믹 상황에는 여행 비자로는 거의 모든 나라가 방문이 불가능한 상태이다. 시드니에 간다고 해도 입국이 불가능하고, 한국이나 제3국으로 가는 것도 불가능하다. 결국 그곳에서 길이 막히고 만다.

몬테비데오 항구의 가로등이 희미하게 거리를 비추고, 지나다니는 사람들은 아무도 없는 고요한 밤이 되었다. 의료시설이 열악한 배를 타고 한 달간 대서양을 건너 아프리카로 가느니, 호주로 가면서 이틀간 방법을 찾아보는 게 나을 것 같다는 생각을 하며 새벽까지 방 안을 서성대고 있었다.

그때, 적수에게서 연락이 왔다.

'형, 항공권 검색 사이트에서 시드니 출발 인천행 티켓을 검색해봤는데, 아무것도 안 나와.'

'응. 나도 여러 번 해봤는데 아무것도 없더라.'

'그리고 항공권 검색 사이트 말고… 시드니 공항의 비행기 출도착 목록도 살펴봤는데….'

'아, 고마운 녀석. 시드니 공항에 출도착 예정인 항공 스케줄을 살펴보고 있었구나.'

적수는 잠시 숨을 고르다가 대화를 이어갔다.

'그런데… 이상한 게 있어.'

'응? 이상한 거? 이상한 게 뭔데?'

'응…. 4월 3일 아침 8시에 편명 KE122가 시드니 공항을 출발할 거

라고 나오거든…'

몽롱하던 새벽녘 갑자기 눈이 번쩍 뜨이는 소식이었다.

'KE122? KE…로 시작하는 거면… 그건 대한항공의 비행기 코드인데?'

'응, 그렇지. 그런데 이상한 게 항공권 검색 사이트에도 비행기 표가 검색이 안 되고, 표를 판매하지 않는 것 같아. 아마도 일반 민항기는 아닌 것 같고…. 화물기나 특별기 같은 거려나?'

잠시나마 들떴던 마음이 가라앉았다.

'아… 그렇구나…. 민항기는 아닌가보구나.'

적수는 다시 조용해졌다. 대한항공 측에 연락을 하고 있는 듯했다.

시간이 조금 지나 적수에게서 다시 연락이 왔다.

'형, 대한항공에 연락해서 물어봤는데, 이게 대한항공 특별기인 것 같아. 무슨 목적의 특별기인지는 모르지만 암튼 특별기가 하나 있어. 그런데….'

'응… 그런데?'

'살 수 있는 좌석이 없어. 항공권 검색 사이트에도 안 나오는 항공기야.'

'아, 그렇구나….'

나는 잠시 머뭇거리다가 우루과이 이재봉 영사님께 전화를 드렸다.

새벽 시간에 전화 드리는 것이 실례인 걸 알고 있었지만, 분명 영사님도 우리 일로 인해 못 주무시고 계실 것 같았다. 전화가 울리자마자 영사님이 받으셨다. 역시 안주무시고 계셨다.

"영사님, 새벽에 전화 드려 죄송합니다. 염치 무릅쓰고 짧게 말씀드리겠습니다. 4월 3일 오전 8시에 시드니 공항에서 KE122편이 뜨는 것 같습니다. 일반 민항기는 아닌 듯한데, 혹시 알아봐주실 수 있으십니까?"

영사님도 편명을 들으시더니, 왜 이 새벽에 급하게 전화를 했는지 이해하신 듯했다.

"케이요? 케이라면… 아!! 네. 알겠습니다."

40여분 후에 영사님으로부터 연락이 왔다.

"호주 시드니에 있는 대한민국 영사님께 연락을 드렸더니, 그 호주 영사님께서 다시 대한항공 지사장님께 연락을 드렸답니다. 아까 말씀해주신 편명은 4월 3일에 시드니에서 인천으로 가는 특별기랍니다."

"아… 네… 그렇군요…."

대답하며 그 다음 이야기를 기다렸다.

"그래서 그게… 특별기인데… 자리가 없답니다."

아… 역시…. 잠시 가졌던 작은 희망의 불씨마저 꺼져가고 있었다. 영사님은 대화를 이어가셨다.

"그래서… 자리를 만들겠답니다."

"네에에?????"

"자리를 어떻게든 만들어 보겠답니다. 어떻게든 시드니로 오시랍니다."

| 몬테비데오의 마지막 새벽

"항공사에서 신용카드 정보랑 여권 정보를 보내달랍니다."

재빨리 이메일로 내 정보를 보냈다. 무슨 일인가 벌어질 것만 같았다. 또 다시 30여분이 지났을 무렵, 손에 쥐고 있던 휴대폰에 SMS가 들어왔다.

XX카드*해외승인 XXX님

AUD4451.32 04/01 14:50

KOREAN AIR, SYDNEY

나는 재빨리 통화버튼을 눌렀다.

"영사님 지금 결제가 된 것 같습니다. 대한항공 시드니에서 결제 문자가 왔습니다."

"와… 정말요? 와아아아아아… 아하하하하… 으하하하!!"

"으하하하하하! 와… 감사합니다! 정말 감사합니다!!"

그 순간, 몇십 초 동안 우린 어린아이처럼 소리를 질렀다.

한 사람은 바다 위의 배 안에서, 다른 한 사람은 그 바다를 품고 있는 도시에서.

지도상에서 정확하게 한국의 대척점에 위치한 도시에서 두 한국인은 드디어 한국으로 가는 티켓을 구했노라며 소리를 질렀다.

며칠째 밤잠을 못 자며 우리의 길을 찾던 적수와 호규에게도 표를 구했다고 알렸다. 자신이 알아본 항공기 표를 이렇게 구하게 되리라고는 생각지 못했는지 적수도 놀라고 있었다.

우리는 시드니로 갈 것이다.

그리고 시드니 공항 도착 후 2시간 후 한국으로 가는 특별기를 탈 것이다.

전화를 끊었다.

아내는 옆에서 눈물을 흘리고 있었다.

나는 아내를 꼬옥 안았다.

그리고 우리는 오랫동안 안고 있었다.

|페르난도와 아리엘이 불러준 노래

잠시 눈을 붙이고, 날이 밝았다.

일어나자마자 여행사 매니저 레이몬드에게 연락하여, 우리도 호주 전세기를 타고 시드니까지 가겠다고 했다. 시드니 도착 두 시간 후에 한국으로 가는 특별기를 탈 예정이라고 이야기했다. 주변에 있던 몇 명의 호주 분들이 깜짝 놀라며 축하를 해주었다. 오늘 자신들이 전세기를 타고 가면, 갈 곳을 정하지 못 한 채 남아있어야 했던 두 한국 사람이 마음에 걸렸다면서 다시 눈물을 보이셨다.

오전 9시. 방으로 돌아와 마지막으로 짐을 챙겼다. 점심 식사 후 곧바로 하선 시작될 예정이었다.

똑똑똑. 누군가 문을 두드리는 소리가 났다.

"Fresh Water~~"

매일 아침 큰 식수통을 들고 배 안의 각 방을 돌며, 방마다 그날그날 마실 물을 전달해주는 이십대 초반의 두 친구, 페르난도와 아리엘이었다. 어찌나 밝은지 아침마다 이 둘을 보면 억지로라도 웃지 않을 수 없는 친구들이었다. 나는 문을 활짝 열고, 웃으며 물통을 건넸다.

"헤이, 아미고(Amigo, 스페인어로 '친구')!"

페르난도와 아리엘은 복도에 서서 여느 날과 같이 물통에 물을 채우더니, 물통을 건네주기 전에 우리에게 말했다.

"오늘이 마지막 날이잖아. 그래서 노래를 준비했어."

페르난도와 아리엘은 복도에서 우리를 세워놓고 큰 소리로 노래했다.

Recuérdame hoy me tengo que ir mi amor
날 기억해줘. 오늘 나는 떠나야만 해 내 사랑

Recuérdame, no llores por favor
날 기억해줘, 제발 울지 말아줘

Te llevo en mi corazón y cerca me tendrás
너를 내 심장에 담아갈 거야 그래서 너는 내 곁에 머무는 거야

A solas yo te cantarésoñando en regresar
너에게 돌아가기를 꿈꾸며 노래할게

Recuérdame, aunque tenga que emigrar
날 기억해줘, 나는 떠나야 하지만

Recuérdame, si mi guitarra oyes llorar
기억해줘, 만약 내 기타가 우는 소리를 듣는다면

Ella con su triste canto te acompañará
내 슬픈 기타 소리는 너와 함께할 거야

Hasta que en mis brazos estés,
내 품안에 네가 있을 때까지

recuérdame
날 기억해줘

'Recuerdame(영어로는 Remember me, 나를 기억해줘)'라는 스페인어 노래였다. 스페인어 공부하며 보았던 디즈니 애니메이션에 나온 노래로, 가끔 나도 생각날 때 찾아 듣던 노래였다.

'너희들이 이 노래를 불러주면 눈물을 참기가 어려워지는데…. 지난 한 달간 너희들을 알게 돼서 매일 웃을 수 있었고, 행복했다. 페르난도와 아리엘, 너희를 기억할게.'

한 치 앞도 보이지 않는 힘든 순간조치도, 그럼에도 불구하고 우리는 행복할 수 있다는 것을 가르쳐 준 친구들. 너희 때문에 행복했다.

입으론 웃고 있었지만, 자꾸만 눈물이 뺨을 타고 흘러내렸다.

| 너희를 기다리는 사람이 있어

4월 1일. 오후 15:20.

출입구로 발을 디뎠다.

1년간 여행하며 메고 다녔던 커다란 배낭을 뒤로 메고, 앞에는 작은 배낭을 메고 계단을 내려갔다.

계단 끝은 육지에 닿아있었고, 그곳에는 우루과이 출입국사무소 직원 한 명이 하선을 허락하고 있었다. 출입국 직원에게 여권을 내밀자, 그는 스윽 훑어보더니 자신의 뒤를 가리키며 말했다.

"너희를 기다리는 사람이 있어."

우루과이 영사님이었다.

'정말 배에서 내렸구나.'

영사님을 보자 실감이 났다. 멀리서 손 흔들며 안부만 전하다가 이렇게 영사님을 처음 마주하자 아내의 눈가는 다시 축축해졌다.

짧은 인사 후 버스에 올라탔다. 약간의 시간이 지나자 버스가 움직이기 시작했다. 버스가 움직이자 버스 안의 사람들은 이제야 땅에 내린 것이 실감되는지 환호성을 지르기 시작했다. 통행금지가 내려진 거리는 사람 하나 없이 한산했고, 좀비 영화에서나 본 것처럼 휑했다. 마치 태어나서

처음 도시에 온 사람들처럼 우린 창밖을 내다보았다. 처음으로 보도블록을 본 듯, 태어나 처음으로 고층건물을 본 듯. 천천히 움직이는 버스 안에서 달라진 세상을 보고 있었다.

버스는 해안도로를 따라 이동했다. 쨍한 태양이 내리는 아름다운 몬테비데오의 해변이 오른편에 펼쳐졌고, 왼편에는 사람 한 명 없는 휑한 도시의 건물들이 솟아있었다. 남극으로 출발하기 전에 우리가 떠났던 활기찬 세상은 이제 없었다. 우리가 탄 버스는 아름다운 태양 아래의 해변 모래사장과 아무도 없는 고요한 유령 도시 사이의 해안도로를 유유히 지났다.

영사님은 공항 입구에서 기다리고 계셨다.

"일단 몸만 먼저 가세요. 가는 동안 어떻게 될지 모르니 먼저 무사히 가시고요. 짐은 나중에 상황이 나아지면 제가 어떻게든 부쳐 드릴게요."

다른 나라들과 마찬가지로 호주 역시 외국인의 입국이 불가능한 상황이었다. 전세기를 타고 시드니 공항에 도착한다고 해도 입국심사를 통과하지 못할 것이고, 따라서 우리의 짐도 찾지 못할 가능성이 높았다. 영사님은 자신에게 짐을 맡기고 가면, 나중에 짐을 부쳐주겠다고 하셨다.

"네, 영사님…. 염치없지만 부탁드리겠습니다."

그리고 1년간 메고 다녔던 커다란 배낭 두 개를 영사님께 내려놓았다.

"조심히 가세요. 전세기가 산티아고에 도착하는 시간을 칠레 측에 일러드렸으니, 산티아고 공항에서 무슨 일 생기면 칠레 영사님께 연락하시구요. 시드니에서 출입국 문제 생길 경우엔 호주에 계신 영사님에게 도움 받으실 수 있도록 연락해놓았습니다."

"정말 감사합니다, 영사님."

우루과이의 영사님은 자신의 차량에 배낭을 싣고, 공항 카운터 앞까지 함께 와주셨다. 떠나기 전 손을 꼭 쥐어 악수를 하고, 우린 여권을 들고 전세기를 타는 곳으로 이동했다. 훗날을 약속하며 우루과이 영사님과 헤어졌다.

| 뭔가 잘못된 것 같습니다

4월 1일. 오후 16:20.

호주 전세기 탑승을 위해 몬테비데오 공항 출국장 앞에 도착했다.

우루과이 공항의 직원은 우리의 여권을 받아들고는 한참을 조회했다. 그녀는 인상을 깊게 찌푸리며, 손가락으로 안경을 고쳐 쓰더니 고개를 가로로 저었다. 함께 온 다른 호주 분들은 옆줄에서 1-2분 내로 통과되었지만, 우리는 20분째 멈추어 섰고 통과가 되지 않았다.

아무래도 우리에게 호주 입국 비자가 없어서, 호주행 전세기에 탑승이 거절되고 있는 듯했다. 주 아르헨티나 한국 대사님이 호주 대사관에 연락을 하여 우리의 전세기 탑승이 허가된 것으로 알고 있었지만, 공항 시스템에서는 계속 거절되고 있었다.

또 다시 불안해지기 시작했다. 멀쩡하게 정상 운항하는 항공 티켓을 가지고도 하선 거부를 당했는데, 또 다시 그런 일이 벌어지지 말라는 법도 없었다. 비행기 출발시간은 다가오고 있었다. 이대로 3,40분이 더 흘러간다면 이 비행기마저 놓칠 수도 있었다. 조금 전 헤어진 우루과이 영사님께 다시 급하게 전화를 드렸다.

"영사님, 죄송합니다. 몬테비데오 공항 카운터에서 무언가 잘못되었는지 통과가 되지 않습니다."

"아, 알겠습니다. 제가 지금 바로 차 돌려서 그리 갈게요."

10분 후에 영사님이 도착했다. 그때까지 우리는 공항 카운터를 통과하지 못하고 있었다.

영사님은 우리가 호주 정부의 특별 허가를 받았고, 이 비행기의 탑승과

호주에서의 환승(transit)을 불과 몇 시간 전에 호주 정부로부터 허락받았다는 점을 설명했다. 그러자 담당자는 호주 이민청에 전화를 연결했다. 그리고 호주 이민청의 이야기를 듣고 나서야 우리는 통과할 수 있었다.

우리가 통과하자 그곳에서 기다리던 호주 사람들이 우리에게 두 손을 들어 박수를 쳐주었다. 호주에서 오신 마크 아저씨는 이마에서 식은땀을 닦는 포즈를 취하며 말하셨다.

"왜 매번 너희에게는 상황이 이렇게 어려운 거지?"

다시 한 번, 감사하다 말씀드리고 이젠 정말 헤어지는 거라 말하며 영사님과 헤어졌다. 그리고 우리도 우루과이 몬테비데오의 출국장을 향해 천천히 걸어갔다.

| 4월 1일 오후 5시 35분, 비행기가 이륙하다

호주 전세기는 칠레 산티아고를 경유하여 시드니로 향할 예정이었다. 우린 보안 검색대와 출국 심사대마저 통과했다. 그리고 몬테비데오 공항의 출국장에 들어섰다. 코로나로 인해 기내에는 승객들 간에 좌석이 한 자리씩 띄어서 배정되었다.

4월 1일 오후 5시 35분, 이륙하기 시작한 비행기는 잠시 후 안정 고도에 접어들었다. 마스크와 위생장갑을 착용한 승무원들은 집게를 이용하여 빵 두 개와 음료수가 들어있는 비닐봉지를 승객들에게 던져주었다. 기내식이었다. 커다란 비닐봉지 안에는 또 다른 비닐봉지에 싸인 빵 두 개가 들어 있었다. 저녁으로 빵을 하나 먹었다. 차갑고 딱딱하게 식은 빵이었다. 생소한 느낌이었다.

몇 시간이 지나 비행기는 칠레 산티아고에 도착했다. 산티아고 공항은 남미에서 가장 붐비는 공항 중 하나로 언제나 사람들이 북적이는 곳이었다.

하지만 공항은 예전과 달랐다. 길게 뻗어있는 공항 출국장에는 사람이 한 명도 보이지 않았다. 비어있는 복도에는 내 발걸음 소리만 울렸고, 혹시나 해서 코너를 돌아 연결된 곳을 살펴보아도 역시 아무도 없었다. 복도를 따라 들어선 커다란 상점들 입구는 하나같이 셔터가 굳게 내려가 있었다.

쇼핑하던 사람들로 북적대던 면세점도, 진한 커피 향을 풍기며 휴식 공간을 제공하던 카페도, 축구가 나오던 대형 TV가 있던 라운지도, 모두 불이 꺼져있는 그저 비어있는 공간일 뿐이었다. 배를 타기 전 활기차고

교류가 넘치던 세상은 너 이상 없었다.

공항 복도 일부에 그나마 형광등이라도 켜있는 것이 고마울 지경이었다. 우린 산티아고 공항 구석 의자에 앉아 6시간을 기다리다가, 시드니행 전세기를 탔다. 시드니로 가는 도중 다시 한 번 겹겹의 봉지에 싸인 빵을 받았다. 잠시 눈을 붙였고 허기지면 빵을 먹었다.

전세기는 천천히 태평양 한복판의 날짜 변경선을 건넜다. 하루가 앞당겨졌다.

남극 대륙에서 아메리카 대륙으로.

이제 오세아니아 대륙으로.

그리고 드디어, 대한민국이 있는 유라시아 대륙으로 향할 것이다.

| 떠오르는 해를 보며 아침의 나라로

4월 3일 새벽 6시 반.

비행기가 시드니 공항 활주로에 착륙하자, 앉아있던 사람들은 소리를 지르며 환호했다. 이젠 결코 거절당할 일이 없을 고국에 막 들어선 사람들은 감격의 표정을 짓고 있었다. 옆에 앉은 사람들과 하이파이브를 나누는 사람들도 있었고, 가만히 자리에 앉아 수건으로 눈가를 닦아내는 사람들도 있었다.

비행기가 멈추었다.

사람들은 내리기 전 방역 관련 설문지를 작성했다. 두 시간 후 이곳에서 환승을 해야 하는 우리는 다른 승객들보다 먼저 비행기에서 내려야 했다. 우리 두 사람은 기내용 가방을 메고 짐을 챙겨 자리에서 일어섰다. 좌우로 사람들이 앉아있는 좌석 사이의 통로를 걸어 비행기 앞문으로 향했다. 함께 섀클턴의 배를 타고 남극에 다녀온 사람들과의 마지막 순간이었다. 사람들이 배에서 하선할 때마다 항상 눈물을 흘리며 손을 흔들어주던 앤디와 저녁 테이블에서 식사할 때마다 우리를 아들, 딸처럼 대해주셨던 제니 아주머니와 마크 아저씨도 보였다.

우리는 팔꿈치를 맞대어 마지막 인사를 했다. 손을 흔들었다.

그리고 무엇보다 서로의 안녕.을 빌었다.

'모두들 안녕. 무사히… 모두들 무사하게 집으로 돌아가길.'

비행기 출입구를 따라 나와 시드니 공항 내의 복도에 들어섰다. 이곳 역시 아무도 없었다. 모든 상점의 문은 닫혀있었고, 중간중간 놓여있는 벤치에도 사람의 흔적은 보이지 않았다. 공항은 말 그대로 텅 빈 공간이었다.

우루과이 영사님께 받은 번호로 전화를 걸었다. 호주에 계신 대한민국 영사님의 휴대폰 번호였다.

활주로는 고요했다. 출발하는 비행기도, 도착하는 비행기도 없었다.

넓은 활주로 너머로 아침 해가 떠오르고 있었다. 사방을 둘러보아도 그곳엔 우리 둘뿐이었지만, 왠지 꼭 잡고 있지 않으면 놓칠 것만 같아 아내의 손을 꼭 잡았다.

잠시 후 저만치에서 한 남자가 다가왔다. 반듯한 항공사 유니폼을 입고 있었다.

"안녕하십니까. 호주 김광전 영사님께 전해 들었습니다. 멀리 오시느라 고생 많으셨습니다. 티켓을 발급해드리겠습니다."

한 시간 후, 우린 기적처럼 인천행 비행기에 몸을 실었다. 자리에 앉아 눈을 감았다.

잠시 후 승무원이 다가왔고, 한두 마디의 대화가 오간 후에 비빔밥이 식사로 제공되었다. 앞에 놓인 작은 잔에 약간의 와인도 따라주었다. 나물과 반찬이 있는 비빔밥의 뚜껑을 열고, 햇반을 열어 하얀 밥을 비빔밥 그릇 위에 담았다. 밥에서 모락모락 김이 올라왔다. 고추장을 넣고 참기름도 조금 올렸다. 뜨거운 미역국에서 김이 났다. 밥 냄새와 고추장 냄새가 훅 올라왔다. 그리고 참기름 냄새가 코끝에 퍼졌다.

나는 수저를 쥔 채 고개를 숙였다. 그동안 꾹꾹 참아왔던 무언가가 한순간에 올라왔다. 눈물이었다. 첫술도 뜨지 못한 채 나는 소리 없이 울고 있었다. 또 다시 무엇에라도 집중하지 않으면 그대로 주저앉을 것만 같은 하늘이 창밖으로 흘렀다. 인천으로 향하는 시드니 상공에서였다.

두렵고 불안한 날들이 하루빨리 끝나기를

한국에 도착 후 격리를 마칠 무렵,
우연히 나의 소식을 알게 된 출판사로부터 출간 제의를 받았다.
그러자고, 그렇게 하자고 기분 좋게 수락했다.
그리고 천천히 글을 적어나갔다.

휴대폰에 또렷하게 남은 수만 장의 사진과 비디오.
세계 일주를 하며 남긴 행복했던 순간들과
남극행 배에서 매일매일 남긴 녹음 파일과 메모들.

이제는 조금 잊었으리라 생각했던
배 위에서의 일들이 선명하게 떠올랐다.
순간을 기록하고자 담아왔던 기록들은
행복한 기억을 또렷하게 하는 만큼
절망의 순간들도 생생하게 복기시켜주었다.

글을 적어 내려가다가 몇 번이고 작성을 중단해야 했다.
그때마다 노트북을 덮고 서울 구석구석을 걸었고,
아무렇지 않은 척 쉬다가 또 다시 괜찮아지면 다시 글을 적었다.

한국에 오기만 하면 모든 아픔이 사라질 거라는 기대는 원고와 마주하는 순간 깨어졌다.

어쩌면 나는 이 이야기를 몇 년이 더 지난 후에,

시간이 더 지난 후에 적었어야 했는지도 모른다.

두렵고 불안했던 날들에

항상 내 손을 꼭 잡아준 아내에게 진심으로 감사한다.

감사와 사랑,

그 이상의 무언가가 우리 사이에 있다고 말해주고 싶다.

PS.

4월 3일 오후 21:30 남극 크루즈를 탄 지 34일 만에 인천공항에 무사히 도착했다.

몬테비데오 공항에서 가져오지 못한 여행 가방은 우루과이 영사

님의 도움으로, 우리가 도착한 지 87일 후인, 6월 29일

에 한국에 도착했다.

Special Thanks to

코로나바이러스로 모두가 국경을 굳게 걸어 잠근 시기에
속수무책 바다에 떠 있던 우리 배를 받아준 우루과이 정부,
자국민을 위한 전세기에 한국인 2명의 탑승과
시드니 특별 입국을 허락해 준 뉴질랜드와 호주 정부에 감사드린다.

고립된 날들에 끊임없이 변하는 각 나라의 출입국 상황을 수시로 알려준 진
오형과 원주형, 그리고 며칠 밤을 새워가며 항공권과 귀국 경로를 알아봐준
적수와 호규에게 진심으로 고맙다는 말을 전하고 싶다.

우루과이 이재봉 영사님, 호주 김광전 영사님, 아르헨티나 송강일 영사님,
칠레 박기섭 영사님,
상파울루 총영사관 채수준 영사님과 대한항공 팀,
함께 걱정해주고 응원해준 가족과 친구들,
그리고 대한민국 외교부에 깊은 마음으로 감사드린다.

남극에서
대한민국
까지

초판1쇄 2021년 1월 5일 **지은이** 김태훈 **펴낸이** 한효정 **편집교정** 김정민 **기획** 박자연, 강문희 **디자인** 화목, 구진희 **마케팅** 유인철, 김수하 **펴낸곳** 도서출판 푸른향기 **출판등록** 2004년 9월 16일 제 320-2004-54호 **주소** 서울 영등포구 선유로 43가길 24 104-1002 (07210) **이메일** prunbook@naver.com **전화번호** 02-2671-5663 **팩스** 02-2671-5662

홈페이지 prunbook.com | facebook.com/prunbook | instagram.com/prunbook

ISBN 978-89-6782-129-6 03810
ⓒ 김태훈, 2021, Printed in Korea

값 15,000원

이 도서의 국립중앙도서관 출판예정도서목록(CIP)은 서지정보유통지원시스템 홈페이지(http://seoji.nl.go.kr)와 국가자료공동목록시스템(http://www.nl.go.kr/kolisnet)에서 이용하실 수 있습니다.